U0056051

同心啟航 下

Nottakorn 著
璟玟 譯
瑞讀 繪

目錄

第 17 章

「Chon，我們現在已經是戀人了不是嗎？」Ton低沉的聲音在耳邊響起，搞得Chonlathee藏在棉被底下的手和腳倏地繃緊。「對不對？」

「對……」

「那你還要背對著我睡？」

「如果不背對著你睡，那要怎麼睡？」Chonlathee嘆了口氣，房間內靜得能聽得見自己的心跳聲……超緊張的！尤其是當Ton伸手把自己的身體翻過來仰躺之後，更讓他緊張到呼吸困難。

「當然是對著我睡！」Ton挑了挑眉，用手肘撐起上半身，挑釁似地凝視Chonlathee。甚至動手固定住他的肩膀，不給他再次翻身逃走的機會。

「只要對著你睡就好了嗎？」

「難道你不想抱著我睡？抱著『男朋友』睡覺喔！」

「嗯，只要抱著睡覺就好？……好害羞唷，我沒有抱著別人睡過。」Chonlathee坦白地說。

要看著對方寬厚的胸膛入睡太難了，而且還要抱住結實的腰部，更難！他身體不禁發抖，只好避開Ton哥的臉，將視線往下移。

我的天啊！除了這個詞，他已經想不出其他感想了，小……小Ton正頂在他的大腿上，而且因為他太靠近Ton哥的緣故，導致大腿直接摩擦到那一根！

當他反應過來後，便趕緊把腿抽離，但是剛才碰觸的那一根，形狀似乎變得更明顯了，小Ton……好像一點都不小。

「對不起，我不是故意碰到的……」

「如果你不提，我原本打算讓你抱著睡就好。」Ton的聲音轉為低沉，還能清楚聽見口水吞嚥的聲音。

此時，Chonlathee的眼睛開始適應黑暗，從剛才什麼都看不見，到現在漸漸能看清對方和房間內的模樣。

事情只發生在一瞬間，大個兒翻身壓在他身上，粗壯的手臂貼著他的雙耳。噴在臉上的氣息，顯示出他們這次的距離比以往都更加靠近。

「你要做什麼……」

「不知道……Chon，我不知道自己怎麼了，但你好香，真的好香。」

「可是我沒有抹乳液。」

「表示我喜歡的不是乳液的味道，而是你的味道。就連你呼吸的聲音都讓我變得好奇怪……我似乎……想做了……」

鼻尖與鼻尖廝磨，漆黑的房間讓Chonlathee只能隱約看見模糊的輪廓。不知Ton哥說出剛才那一番話時，露出了什麼樣的表情？

「哥想做？」

「你會不會怕？」

「呃……有一點。」Chonlathee把手放在Ton的胸口，並非想推開，而是迷戀般地感受那結實的觸感，再慢慢一路往下，滑到六塊腹肌上。

怕歸怕，但如果問他想不想成為Ton哥的人，他會拋開羞恥地回答……想！

「那我還是去廁所解決好了。」Ton往後退，準備下床往廁所走去，但是Chonlathee先攫住了他的手腕。「那、那個……哥……可以在這裡……」他的臉燙得冒煙，害羞地看著準備下床的人。

「在這裡？你要我尻槍給你看？」

「神經喔！」

「還是你要我也幫你尻？」

「……」Chonlathee一呆。

「……」……Ton也跟著沉默。

「你不是有保險套和潤滑液？」Chonlathee受不了，只好主動開口問道。

結果話才說完他就想打自己嘴巴，居然暗示的這麼明顯，羞死人了……怎麼可以這麼隨便啦！擺明是在叫男人上自己嘛！不知羞恥！這樣不好！而且Ton哥會怎麼看他？

「喔，那個是Ai叫我先買起來的，但我可沒想現在就要對你做什麼……因為太快了，我明白你還沒做好心理準備，所以別誤會……我能去尻了嗎？真的快爆了！」

是誰跟他說我還沒做好心理準備的！誰？哪個王八蛋說的！

「……你真的讓人很無言欸……」Chonlathee放開對方的手臂，然後用手頂住自己的額頭苦笑。

Ton哥還真是他媽的遲鈍……。

「所以哥會硬起來……是因為我？」

「嗯。」

「那上床吧，我幫你，不過我沒有幫別人做過的經驗喔。」他稍微挪動位置，指尖摩擦著鼻尖，表情略顯尷尬。

「你要怎麼幫我？」

「呃……用手？」Chonlathee的雙脣抿成一直線，看著Ton的黑影站在原地不動，像是在思考什麼。最後那雙長腿踩回床上，雙腿分開跨在自己的腰間。沒多久，藏在褲襠裡的那一根便近在眼前。

冷氣機依舊盡職地運轉著，室內的溫度涼爽，但仍無法冷卻Chonlathee體內沸騰的慾火，當Ton靠得更近時，他聽見床架發出微微的咿呀聲。

手一放到跪在面前的人大腿上，呼吸就開始紊亂，心臟也緊張地砰咚亂跳一通。Ton哥硬實的身軀沒有半點贅肉，無論是腿、胸或是腹部，都精壯得如同鋼鐵一般。

好想知道此時從褲襠內凸出、頂在自己肚子上的那一股熱度，是不是和他身上其他部位的肌肉一樣強硬？

Chonlathee的手在男人下腹一帶游移，沒多久便倏地探進對方褲頭裡，而另一隻手則撫上那結實的腰。他一邊看著眼前那張發紅的臉，一邊探索著原本藏在衣物底下的祕密。

男人滾燙的分身儘管還未完全膨脹，但卻已無法一手掌握。

「嗯……」Chonlathee的指尖揉弄著熾熱柱體的敏感前端，讓Ton向上仰的臉為之發出斷續的呻吟聲。

現在他知道答案了，Ton哥全身上下都像鋼鐵般又熱又硬，既精實又濕熱。皮膚滲出的汗水開始凝結流下，身上的黏膩觸感更是讓慾望如火般燃燒。

「幫我弄……」Ton祈求似的聲音讓人聽了忍不住就想妥協。即便Chonlathee套弄的動作顯得有些笨手笨腳，但卻依舊讓大個兒舒服得哼了出聲。

男孩動作的同時，下半身也忍不住扭動了起來，儘管沒被觸碰到，可體內的溫度卻也隨之上升。

好害羞……光是聽到Ton哥的呻吟，摸到他滾燙的身軀，就不由自主地跟著有感覺。

「我幫你……」一察覺到男孩的反應，Ton便把他的手從褲子裡拉開，汗味混合著皮膚上的肥皂香，激起淫慾的氣息飄滿整個房間。

Chonlathee閉上眼睛，迎接落在太陽穴上的吻。肌膚上的黏膩感，讓他發現自己同樣也流了一身汗。

Ton往側邊移動，手肘撐住身子，壓住他半邊身體，手指勾開繩子，將他的褲子往下拉。「你的東西真可愛。」

「少囉嗦……」Chonlathee害羞地轉身貼上眼前的精實身體，被調侃尺寸的事讓他氣得牙癢癢，忍不住便往對方手臂上咬了一口，接著要害就被大手一把抓住。

原本打算幫Ton哥抒解的，結果現在怎麼會變成自己被伺候呢？

Ton的動作一點都不粗暴，反而非常溫柔，讓人舒服到忍不住扭動身體。他從來都沒被人碰過，頂多偶爾自慰過幾次，只是自己解決的快感，仍比不上對方此時帶給他的高潮迭起。

Chonlathee按捺不住地扭動身體，不停地呻吟，Ton厚實的腰間成了他發洩慾火的地方……他的十指緊抓著那結實的肌肉，用力掐住。

等急促的呼吸緩和下來，身體不再抖動之後，緊繃的指尖才慢慢地鬆開，解放過後的白濁液體弄得到處都是。

「我弄髒Ton哥了……」

「那就讓我也弄髒你。」

「嗯……」Chonlathee呻吟般地回應。他的腦中一片空白，呼吸聲聽起來像是缺氧一樣。只能呆呆地看著大個兒擦拭身上濕熱黏膩的液體，然後扶著自己重新躺下。

衣服被一一穿回身上，接著他的膝蓋也被往上提，呈現出即將迎接某個龐然大物的姿勢。

他看著Ton哥緩緩褪下褲子，而這也是他這輩子頭一次有機會看清男人胯下的巨根。

眼前的龐然大物和剛才用手摸時估計的大小差不多，但現在可能更大，畢竟已經完全甦醒了……接著他聽見磨擦的聲響，頻率變得愈來愈快，聲音也愈來愈大，時不時地穿插喘息聲，一滴滴的汗珠更隨之落在他的臉上。

一次比一次激烈的動作與聲音，直到Ton開始全身顫抖，像猛獸般發出低沉的咆哮聲後才停下來。

濕潤黏滑的液體落在他的衣間，滲入布料的紋路裡。那灼熱的觸感透過衣物，傳到底下的肌膚上。

「我好想進去你的裡面，不過我會忍耐。」Ton一邊低語，一邊把頭埋在Chonlathee的頸窩間。

男人的身體依舊火燙，而Chonlathee則是將手指伸進那深色的髮絲中，指尖按壓男人的後頸，讓對方舒緩內心的壓力。

看來……在經過正式性愛前的序曲之後，他終於破除了因為第一次親密接觸而害羞不已的心理障礙。現在的他可以大方地擁抱趴在自己身上睡的Ton哥了，而Ton哥也同樣緊緊地回抱住自己。

設定好的鬧鐘星期六不會響，所以昨晚的一場情事，讓Chonlathee到了快中午才起床。

他依舊像以前一樣背對著Ton哥睡，但不同的是，Ton

哥從後面雙手抱著他一起睡。

「快中午囉。」他扭腰向後，肢體的小動作和壓在頭上的下巴讓他發現Ton哥早就醒了。

「那又怎樣？反正今天不用出門，我想一整天都像這樣抱著你睡。」

「我從來都不知道Ton哥這麼愛撒嬌，還是起床吧，真的睡太久了。」他笑出聲，感覺到自己被鬆開之後，便緩緩地翻身仰躺。

「去搬你的東西，搬回來跟我一起住。」

「那我可以把娃娃搬過來嗎？」Chonlathee並沒有立刻給出答案，只用『是否可以把私人物品一起搬過來』的疑問句代替回答。

「隨便你，今天還有沒有想做的事？」Ton問，然後起身坐在床上，頭髮和臉上都亂糟糟的，但無損於帥度。

Chonlathee不禁反省，自己是不是過於迷戀男友了？就連他摳眼屎都覺得好看。

「沒有啊，還是我們出去買東西回來煮晚餐？我很會下廚唷，一點都沒有吹牛。」自誇完後，Chonlathee也跟著起身抱住Ton，用臉蹭對方的背，然後抱住不動。

「好……你別這樣蹭我，小心我又想要。」

「我想彌補自己以前想抱你卻不能抱的心情，到現在我都覺得像在做夢一樣。」

「那就抱吧，看來今天我們不用出去了。」

「別開玩笑啦，我還是去洗澡吧，好餓喔，想出去外面找吃的。」

「好啊，早餐就讓我來表現。」Ton笑得露出兩排白牙。

對方說的表現，引起了Chonlathee的好奇心，他忍不住把臉靠近一問。「你要做什麼給我吃？確定會做吧？以前不是說只會煮泡麵嗎？」

「別瞧不起你男朋友，等會讓你嘗嘗我的手藝！」

……Ton哥這樣大笑，讓他不禁想是不是該準備一下胃藥，等品嘗完Ton哥的手藝之後可能會用到。

「你確定不會拉肚子？先跟你說，我的胃很敏感唷！」Chonlathee想再確認一下，結果被Ton用力地彈了一下額頭。「是小七的飯盒，昨晚買的。你不用像這樣露出一臉恐懼的表情好不好？先吃點東西墊肚子，中午我們再出去吃正餐。」

「咕，我還以為你真的要下廚，剛才還在期待如果是三明治之類的也好，可以加很多蛋和培根。」

「應該是你要做給我吃才對！趕快去洗澡，等一下我飯盒熱好之後要看到你洗完，曉不曉得！」

「你明明知道我洗澡洗很久，飯盒加熱那麼快，搞不好加熱完我都還來不及抹肥皂耶！」Chonlathee站起來伸個懶腰，拿起浴巾虛弱無力地走進浴室。

「如果我等一下回房間發現你還沒洗完，就進去幫你洗，而且保證不會只有幫你洗澡而已。」

「給我兩分鐘。」懶洋洋的動作瞬間消失，Chonlathee趕緊衝進浴室，免得Ton哥真的過來幫自己洗澡。

當大個子的男朋友有什麼好處？Chonlathee想到的第一項就是塊頭愈大的人，愈孔武有力，從學校前門的宿舍搬日常必需品到車上，只需要一趟便能完成。

要帶回Ton哥宿舍的東西，大部分都是衣服、娃娃、文具，以及其他學長送他的一箱教科書，後者Ton哥只用一隻手就能扛起，想當初他帶回自己宿舍的時候，還累得一邊爬樓梯一邊休息喘氣。

「♫我男友好帥，我男友就是大咖……就算他好老好像我媽的同學，但我都不在乎~~」

「為什麼故意唱這一段？」Ton在樓梯間停下來轉身問，帥氣的臉上寫滿了不爽。他雙手滿滿的都是Chonlathee的家當，而男孩自己只拿著一籃子娃娃。

「我記不太清楚歌詞，隨便唱的。」

「是~~嗎~~？」Ton拉長音之後，繼續往車子走去。「你打算把這些娃娃大軍安置在哪裡？」

「床上囉。」

「全部？」犀利的眼睛瞇起，Ton先把東西放在車子的後方，然後打開後車廂，再把所有東西一股腦地塞進去。

「是啊，全部，東西要先排好啦，如果沒有規劃好順序，等一下搬下車的時候會很麻煩。」他走近後車廂，直接把裡面的東西排整齊。

「可不可以挑兩隻就好？如果全部放在床上，我怕連作夢都會夢到在騎彩虹小馬。」

「呃……哥……它是獨角獸。」看著被誤認成彩虹小馬的白馬玩偶，幫它正名完之後，Chonlathee便心疼地搶回來。

「都長一樣，我哪分得出來？」

「算了，你只讓我放兩隻在床上？那我選美樂蒂和獨角獸。」

「眼睛睜那麼大，你就這麼喜歡娃娃？」

「是還好，我只是喜歡床上有很多東西，感覺比較溫暖。如果你只肯讓我放兩隻的話，那你可能要每天都抱著我睡了。」Chonlathee歪頭咬著下唇，害羞地盯著Ton哥看。

好想對Ton哥撒嬌，好想一直對這個人撒嬌喔！

「不要咬嘴唇，我已經說過了，要交往三天後才會親你。」

「嗯……」頭上的髮絲再次被揉弄，Chonlathee頂著一頭亂髮聳肩燦笑，已經懶得朝Ton哥大喊……昨晚做的事情早就超過接吻啦!!

「我們去百貨公司，先吃午餐，然後去買點東西讓你晚上回家煮。」Ton簡單計畫今天的行程之後關上後車廂，走到副駕駛座旁打開車門等Chonlathee入座。

「胡椒義大利麵怎麼樣？跟海鮮一起炒，我知道Ton哥喜歡吃蝦子和花枝。」

「好啊，寶貝。」Ton哥擠眉弄眼地逗弄他，露出大大的笑容與兩排白牙。

「才不是寶貝，根本就是奴隸……愛的奴隸。」

「Chonlathee，你給我差不多一點，我這人可沒有什麼耐性。」

「那就不要忍耐嘛，我又沒要你忍耐。」Chonlathee一說完便拉上車門，就算途中Ton哥一直嘮叨問了許多問題，他都決定不再繼續回答。

何須忍耐，他早就願意為Ton哥付出一切了……其實從很久以前到現在，一直都是如此。

第18章

百貨公司內。

Chonlathee跟在大個兒身後推著購物車，眼前的左右貨架是零食區，有巧克力、餅乾、糖果等等，而購物車裡堆滿商品。他看對方只是從架上拿起來看兩眼，就直接丟進購物車內，沒想太多就決定買了。

「Ton哥，太多了啦，我們又不是住在多偏僻的地方，不需要囤積這麼多零食吧？」

「還不是因為有人愛吃，我又沒在吃這些東西。」

「是買給我的？」

「嗯，或許我看起來不像是會在意小細節的人，但我注意到你包包裡都會有這些零食。」Ton說完抓了抓後頸，耳朵赤紅地貼在Chonlathee背後，一副完全不在意路人眼光的樣子一起推著購物車繼續逛。

「Ton哥，一堆人在看……」

「又怎樣，你害羞了？」

「當然害羞啊，男生跟男生這樣子，如果你要推購物車就自己推嘛，總之先放開我！」

「不要，我就是要這樣，愈多人看到愈好，這樣別人才會知道你是我的。」

「突然占有慾大爆發？是不是剛才的生魚片害你腦袋

秀斗了！」他忍不住笑著說，沒多久卻又因被路人行注目禮而害羞臉紅。

「別人看你是因為你長得可愛，如果我不趕快宣示主權的話，又會有人來想辦法接近你。我這個人很容易吃醋，非常容易吃醋……我可以吃你的醋嗎？會不會讓你覺得不舒服？」Ton用他高挺的鼻尖磨蹭著男孩的髮絲，而他的另一隻手則親暱地環著男孩的腰。

超害羞，可是又超高興的。突如其來的吃醋宣言，讓Chonlathee一下都不知道該做什麼表情才好。

「可以嗎？」Ton再次詢問，加重嘴脣壓在頭頂的力道。

「好啊，我也想知道讓人吃自己的醋是什麼滋味，感覺像是被重視著一樣。」

「很好，你還想買什麼？我幫你推推車！」

「認真的嗎？這樣很難走耶。」

「我是認真的。」Ton靠在他耳邊輕聲細語，並稍微彎下腰，讓一起推車的動作順暢一些。

儘管還是有一點難走，不過感覺超好。

超市採購行程比原本預期的花了更多時間，因為Ton哥會時不時地突然停下來故意捉弄他，而且還不准自己離開他的懷抱。就連結帳的時候店員都在偷笑，Ton哥甚至趁機故意問結帳小姐「我男朋友可不可愛？」害他好想鑽地洞逃走。

為什麼這麼愛捉弄人家啦!!羞死人了！

「Chon！如果不幫我拿東西，至少別先跑走啊！」

「你自己提吧，誰叫你一直欺負我！」

「唉唷，過來秀秀，跟我一起走啦！」

「你要先答應我，不會再捉弄我了。」

「你知不知道，你害羞的樣子好可愛，讓人想一直捉弄你。」

「那你就等到只剩我們兩個人的時候再捉弄嘛……」Chonlathee停下腳步等Ton跟上來，再一起走到停車場開車。

此時大個兒的雙手拿滿購物袋，沒有空的手可以像其他戀人一樣手牽手走路，於是他勾住那強壯的手臂。

「你啊，勾我的手勾得這麼緊，你也會吃醋對不對？」

「嗯，誰叫你笨笨的，萬一我沒有好好抓牢，被別人搶走就慘啦。」

「感覺好像被罵。」

「哪有!!」Chonlathee提高音調，一路上都對著大個兒露出笑容。Ton哥被他開個玩笑而已就擺出臭臉，但是當他撒嬌用臉頰貼住健壯的手臂後，大個兒的心情又好起來了。

Chonlathee感覺到滿滿的幸福，可幸福的時光總是過得很快，而且還會冒出惡魔來考驗他的愛情……。

「哦……原來是這樣呀？」

尖銳的聲音使得被他勾住手臂的人停下腳步，Ton背挺直地站著，瞬間收起笑臉，轉身看向聲音的方向。

「Amp……」

「嗨，Ton，跟新歡來買東西嗎？都不知道你現在的品味變這麼多……我應該要早一點察覺到的，你和Nai總喜歡做一樣的事情。是因為看到Nai交男朋友的關係吧？讓你也想試試看跟男生在一起是什麼滋味。」

Chonlathee打了個冷顫。眼前的女生身材高挑，眼睛大又有神，小巧的鼻子高挺，說話時嘴唇的形狀相當漂亮，但盯著他看的眼神卻讓人感覺很不舒服。

不得不說，自從他第一次看到Amp姊的照片時，內心就不禁讚嘆她的美，和Ton哥站在一起時，兩人就宛如金童玉女般非常速配。不過他從沒想過會有與她當面對峙的一天。更何況Amp姊本人比照片上還更加明豔動人。

此時的他，就像是一個跑龍套的配角，總覺得Ton哥和Amp姊這一對舊情人眼裡根本不會有他的存在。

「我要跟誰在一起，跟妳有什麼關係？我們之間早就結束了，還是妳失憶了？」

「哼，你確定真的有辦法忘記我嗎？如果只是為了氣我的話，那就不要把這個纏人的學弟扯進來！你叫Chon對不對？難怪之前都不回我的訊息，原來早就盯上Ton啦！」Amp姊走過來，用只有兩個人聽到的音量悄悄地對他說。「這麼想要的話，我可以借你，不過小心一點，因為我一定會討回來！」

他的存在似乎被注意到了，不過在這種狀況之下被賞戲份，感覺也不是什麼好事。

「不准靠近Chon！」

既然Ton哥決定要保護他的話，那他應該不要說話比較好……。

「我也不想靠近他，只是想以過來人的身分……好心提醒一下新歡，就這樣。」

「不必。」

「隨便你……我先走了，才不想當電燈泡。」Amp姊停頓了一會，續道：「下次有機會的話再見囉，Chon。至於Ton……如果我們下次碰到，希望你記住，那絕對不會是巧合。」粉色的嘴唇揚起了挑釁的弧度，炯炯有神的大眼從頭到腳檢視了一遍Chonlathee，接著高跟鞋的聲音便以規律的節奏往另一個方向愈走愈遠，只留下內心空蕩蕩的他，和臉臭到不行的Ton哥。

「Ton哥……你會想跟Amp姊復合嗎？」

「絕不！」

「我相信你。」男孩的語氣平淡，眼睛偷瞄比他高一截的帥臉。

剛才Amp姊說的話，還不足以讓他焦慮，反倒是Ton哥那隨著已經走遠身影移動的視線，彷彿還沒有完全斬斷情絲似的，舊情似乎仍有復燃的機會。

這下子他該怎麼辦才好？是得裝一桶水來澆熄，還是得強勢出動滅火器？

「我們回去，Chon，不要把Amp說的那些話放在心上。」

「嗯，Ton哥，我會努力的。」

胡椒海鮮義大利麵的香辣氣味，再加上煎培根的濃郁香味，正在聯手抵擋從陽臺飄過來的濃厚尼古丁味。Chonlathee覺得他之所以會頭暈，應該是被這兩股勢均力敵的味道薰暈的關係。因此他打算儘快把鍋子裡的義大利麵炒完。

瓦斯已經關上，但Ton哥似乎還在抽手中的菸。

Chonlathee邁動纖細的短腿，走到洗碗槽邊洗掉手中油油的感覺，接著從被隨手丟在桌上的菸盒裡掏出一根菸，順手拿起打火機走出去找Ton哥。

「你出來幹嘛？這根抽完我就進去。」灰色的煙噴向空中，Ton對Chonlathee跑到陽臺上吹風的行為似乎有些不滿。

「我出來陪你抽菸，你看，我偷來一根。」Chonlathee不只是說說而已，還在香菸的一端點起火，亮起的火光讓Ton連忙過來阻止，順便沒收了香菸和打火機。

「你在做什麼！」

「抽菸。」

「亂來……」

「誰叫你抽得這麼凶。」而且是Ton哥先大聲的。但就算他不高興，也要盡可能維持正常的語氣。

「我心情不好在想事情。」

「我也是，自己的男朋友一直在抽菸想前女友，都不進去吃我這個新男友用心煮好的晚餐。」

「我不是在想Amp。」Ton的語氣柔和下來，原本煩悶的表情變成不知所措，熄掉手裡的兩根菸之後開口。「我只是在擔心你會不會被Amp影響。媽的，我真的很煩惱，因為我們才剛在一起，如果一開始就心生芥蒂的話，這樣實在不太好。」

「如果Amp姊知道你心情一不好，就會像剛才那樣把氣出在我身上，甚至對我大小聲，一定會非常高興。這樣不好喔，而且你還不理我，自顧自地跑出來抽悶菸。」他隨口抱怨，嘆口氣之後，轉身背靠著陽臺扶手。

「對不起，但是你真的沒在胡思亂想吧？」

「我自認為是一個講道理的人，過去式就是過去式，我不會放在心上。」

「我想成為你眼中最好的人。」

「Ton哥一向都是最好的人啊。別擔心了，我們進去吃飯，別讓過去式破壞了我們的相處時光，我不希望我們在一起的時候常常吵架，我希望我們之間只有幸福和美好的回憶。」

「你害我好內疚，剛才我還吼你。」

「沒關係啦，我的脾氣很好。但如果你真的覺得內疚的話，我要把放在床上的娃娃增加到三隻。」

「我讓你加到四隻。」

「北鼻Ton哥今天好大方！」Chonlathee笑了出來。兩人之間的氣氛緩和之後，他便轉身準備回到屋內吃飯。

「Chon……」

「嗯？」他回頭望向叫住他的Ton哥，視線驟然變得朦朧，因為代替隱形眼鏡的有框眼鏡突然被摘下了。

Ton哥看起來好模糊，可印在脣上的觸感和力道卻很清晰。

涼菸的味道直往鼻腔裡衝，微苦的味道隨之襲上味蕾。Chonlathee被吻得雙腿無力，之所以還能勉強站著，是因為厚實的手掌從背後撐住他的身體。

「對不起，之前說好三天的……但我忍不住了，好想吻你。」Ton低聲懺悔，嘴脣仍繼續輕咬著他的下脣，眼看懷裡的人沒有反抗的意思，便持續用脣瓣與對方廝磨。

「嗯……夠了啦。」

「再一個，晚餐前的最後一個吻。」

「Ton哥……」推著強壯胸膛的雙手被對方一手束縛，Chonlathee的嘴脣被吮吸得輕微腫脹，舌頭在口中互推交纏。Ton哥的最後一個吻持續了好久，等到好不容易放開的時候，他覺得自己已經被吸到快缺氧了。

Chonlathee把Ton推開之後，全身軟得幾乎要癱坐在椅子上，因為心臟急速跳動的關係，讓他看起來相當狼狽，而這卻讓Ton露出滿意的笑容。

Ton一隻手撈起他的膝窩，另一隻手則同時抱住他的肩膀，輕而易舉地就把他抱了起來。在如此近的距離下，Chonlathee發現其實Ton哥心臟怦怦跳動的聲音，根本強烈到不輸給自己。

「先吃你煮的飯，等一下再吃掉你。」Ton說道。

身材高大的人食量也大應該是常態吧！Chonlathee托著下巴，看著大個兒用叉子捲起盤子上的最後一口義大利麵，然後把炒鍋裡剩下的麵條第三次加到盤子上。

第三盤……吃完之後，Ton才終於露出吃飽的模樣。

「好吃。」

「你吃得下，我看著也開心，話說今天要去練球嗎？」Chonlathee轉頭看時鐘，現在時間六點多快七點，他記得Ton哥常常在這個時間出去打籃球。

「我同學找我踢足球，還叫我要帶你一起去。他們每次都吵著說我都不公開男朋友，你想不想去？」

「你同學已經知道啦？」

「我進餐廳把你拖出來的那一天就知道了，是我帶他們去那邊吃飯，雖然實際上是去看你。」

「哇……你還真的很喜歡我耶！」

「囉嗦，嫌嘴巴不夠腫是不是？」Ton的大拇指抹過他的薄唇，然後推開他假裝看房間內的東西，問道：「到底去不去？」

「好啊，反正我也沒事。」

答應和Ton哥一起出門之後不久，他就呆坐在足球場旁了。Nai哥時不時地出現在身邊，像是想過來說什麼的樣子，但在看到Ton哥狠瞪的眼神後便笑著退下，轉身和其他同學一邊交頭接耳，一邊注意著Ton哥的反應。

不知道Nai哥和他的同學有沒有發現，他們交頭接耳的聲音一點都不小啊！

「Naai，你看看你同學，嘴巴說一點都不喜歡，結果呢？唉唷！管得可緊咧！」

「這人終於如願以償了，不枉我們煽動他那麼久。」回應他的是Naai哥，雖然看似正在跟Nai哥講話，但眼睛卻盯著Ton哥的方向，而且還笑得很機車。

「Ton上輩子一定積了很多陰德，這輩子笨成這樣還能遇到那麼好的對象，這可是Chonlathec耶！」低沉的聲音加上提及宗教的思想，一定是In哥的聲音。

「蠢Ton。」至於如此平淡的語氣一定是Ai哥。這人平常惜字如金，今天怎麼會加入八卦團呢？

「我去處理一下我同學，你坐在這裡就好，我不在的時候如果有人來糾纏你，就直接說你已經有男朋友了，明不明白！」

「嗚哇～好MAN ～好強的控制慾～」……這是Nai哥調侃的聲音。Chonlathee隱約聽到Ton哥折手指的喀喀聲，紅透的臉不知道是因為生氣還是害羞。

「我知道，你去跟同學踢球吧，我會坐在這裡等你。」

「嗯，想回去的時候就叫我！」

「好啦，去玩吧，不用擔心。」Chonlathee輕輕推著大個兒的背，加碼踢腳趕人，因為他發現其他人等Ton哥和他十八相送好一段時間了。但是在Ton哥下場踢球之前，還是先上演了一場Ton哥和Nai哥的摔角大戲，惹得他笑得合不攏嘴。

兩人打得又凶又猛，一個回頭卻又像什麼都沒發生過似的，一樣一起去踢球。

第 19 章

冰涼的水流過低俯的後腦杓，汗水與燥熱隨著水流向下方的長型洗手槽，水流打在洗手槽的聲音持續了好一會，直到厚重的手掌旋緊水龍頭後才停止。

濕潤之後顏色顯得更深的髮絲在空中一甩，Ton甩掉髮間的水滴，抬頭看向鏡子，將頭髮往後撥。

水滴仍布滿整張臉，但他卻一點都不在意。

「Ai，我有問題想問你。」

「問啊。」Aiyares用雙手盛水潑在臉上，運動後的燥熱讓白皙的臉頰泛起紅光。現在只有他和Ton兩個人在廁所裡，而之所以只有兩個人，是因為剛才Ton趁他準備要坐下休息時，突然拉著他的手跑進來。

「是這樣，我真的非常好奇，而且也已經上網找過資料了，但還是覺得直接問過來人好像比較好。」

「不用鋪陳那麼多，直接講吧，我口渴想出去找水喝了。」

「那我就直接問囉。」Ton靠在洗手槽邊咬著下脣，接著扭轉上半身看著Aiyares。

「嗯，你問。」

「第一次……是什麼樣子？」

「什麼第一次？」橡木色的一雙大眼露出疑惑的神情，

Aiyares雙手抱胸看著他。

「就是……你跟Nai的……第一次啊！」

「第一次見面嗎？他把鴨子弄丟了，我撿到還給他，這件事Nai至少講超過一百遍了。」

「不是，我不是說這個。」Ton吞口水深呼吸一下，右手用力抓了抓後頸，才終於決定單刀直入地問：「第一次做那種事，該怎麼做？」

「喔，我聽懂了，我還以為你們早就做過了，你怎麼有辦法保持冷靜的？」

「冷靜個屁，我不知道男生跟男生要怎麼做……而且我怕Chon會痛。」Ton稍微放鬆緊張的情緒，盯著Aiyares等他說出自己想知道的答案。

「第一次一定會痛，不過多用點潤滑液就可以解決了。而且你們個子差這麼多，試試看讓Chon在上面如何？」Aiyares提供完建議，就準備轉身離開廁所。

「讓Chon在上面，意思是讓Chon插我？」Ton臉色慘白，心生恐懼地吞了口水。Chonlathee是他交的第一個男朋友，談戀愛的人難免會有睡同一張床的時候，但他從來沒有想過自己會有被插的一天。

怪恐怖的！

「Nai常罵你笨還真的沒有冤枉你，是不是要我手把手地教你才會懂？」Aiyares再一次轉身回頭，忍不住翻個白眼替好友感到丟臉。

「只要可以溫柔入洞，剩下的我會自行發揮。」

「我看我應該要收學費。」

「我的好兄弟Ai想要什麼，我通通找來供奉給你！」

「Nai剪平頭時期的照片。」Aiyares的手指撫著下巴，雙眸閃過狡猾的眼神。

「我有一整本，全都送給你。」

「那你找個位置坐好，仔細聽我教的每一個步驟，保證百分百會成功，絕對雙贏！」Aiyares一屁股靠坐在洗手槽邊，在旁邊的空位上拍了拍示意要Ton也坐下。

來吧北鼻Ton，Aiyares師傅要來傳授私藏的密技了！

Chonlathee停下前後搖晃的雙腿，看著Ton哥直直地朝他走來。剛才他和Ai哥跑去廁所消失了好一段時間，現在頭髮和濃眉全都濕透，讓原本就深邃的輪廓變得更立體了。

他用手撐著椅子站起來，Ton哥也剛好走到他面前。

「你很熱嗎？臉都紅到脖子上了。」他歪頭看著Ton哥，仔細端詳對方的臉。

「沒有啊，我很好。」

「不用擔心他啦！Chon，他身體超好的，體力滿載絕對夠用一整個晚上。」

「Ai你這個畜牲！」Ton轉頭出聲恐嚇一起從廁所走回來的Aiyares，發現好友張口好像要繼續說什麼似的，迅速抓起Chonlathee的細長手臂續道：「你給我閉上嘴，不然別想拿到Nai的照片！」

「我是要說回家路上開車小心，這樣抓起Chon的手，不是打算要回去了嗎？」Aiyares抿嘴奸笑，看著Chonlathee的眼神也怪怪的，手掌拍在他的肩膀上，用力捏了一下表示加油打氣。

下一秒卻被Ton拍掉了。

「誰准你摸了，放開！」

「小氣。」

「他是我的人，Chon，我們回去。」Ton用另外一隻手將瀏海往後撥，抓住Chonlathee手臂的那隻手則由抓改牽，避開Aiyares往另一個方向走。

即使Ton哥領頭走在前面，但仍溫柔地緊緊牽住他的手，修長的雙腿走得很快，卻沒有快到讓他跟不上。

他讓Ton哥牽著他的手漫步，足球場內的喧擾聲隨著距離拉遠漸漸變小，周圍的燈光亦漸漸變暗，在一片寧靜中，他開啟了對話。

「Ton哥變得好安靜喔，有點異常。」

「我在想一些事情。」

「什麼事情，可以說給我聽嗎？」

「到宿舍之後再說給你聽，現在我比較想知道，你為什麼喜歡我？」往停車場走去的腳步慢慢停下來，就算走在前頭的人沒有轉過頭來，他也感覺到對方的緊張，原本牽著的手變成了十指緊扣，修長手指的粗關節穿過他的指間。

「Knight……」

「騎士？」

「嗯，我喜歡你的理由太多了，如果要在這裡說完的話，恐怕今天會回不了宿舍，所以我用一個字來代表，那就是騎士。」

「我會是騎士？這種個性的我？」Ton轉頭盯著他，球場上遙遠的探照燈依舊有足夠的餘光，讓他能看清對方臉上驚訝的表情。

「嗯，對我來說，現在的你依舊是一個騎士。」

「怎麼說？」

「你領頭走在我前面，但走得不快，因為怕我來不及跟上，每一次我們一起走路你都是這樣子，就算之前我們還沒有開始交往，就算你沒有牽我的手，還是會時不時地回頭看我。只要我一遇上麻煩，你都會出現幫我。記不記得小時候有一次我被蜜蜂螫到腳？那時候你看見我摔倒了，馬上就跑過來揹著我回家，說不定我就是從那個時候喜歡上你的。」他用沒有被牽住的另一隻手，握住Ton哥的手說：「而且只要有人欺負我，你都會為我挺身而出，不管是小時候或是現在……從來都沒有變過。」

「聽起來不像騎士，比較像是流氓的樣子。」

「哪怕是別人眼中的流氓，你還是我心裡的騎士。」

「The Knight and The Prince，王子太好，不應該愛上

騎士。」

「我不知道別人對『好』的定義是什麼，但對我而言，Ton哥是最好的人，一直以來都是如此……如果可以的話，我希望可以永遠都是這樣。」

「那麼我能不能向你要求一件事，Chon。我希望今晚可以……讓你成為我的人。」

Chonlathee抬頭看著Ton犀利的雙眼，裡面深沉的夜色毫無半點玩笑的跡象，而且十指緊扣的手扣得更緊了，像是在催促他的答案。

「為什麼突然提到這個？」

「如果不行也沒關係，我不急。」

「……好，我願意。」

終於……答應了。

如果想要Ton哥做老公該怎麼做？

到底有沒有機會讓Ton哥做老公呢？

Chonlathee再一次絞盡腦汁地思索著曾經和好友Gam討論過的問題，但當時幾乎都是在開玩笑，沒想過真的會有這麼一天，他必須面對Ton哥要當他老公的情境。

此時的房間內一片安靜，優質彈簧床被他占走一塊，而另一邊是屬於Ton哥的地盤。他已經洗好澡了，Ton哥也是。

床鋪傳來輕微向下塌陷的力道，隨著Ton哥慢慢移動到他身邊，震動的力道愈來愈明顯。

「有潤滑液和保險套。」

「嗯。」

「我會輕輕的。」

「好。」

「如果受不了，可以叫我停。」

「嗯。」

「那個……這樣會不會太快？我會不會太心急？」

「……」

「還是我應該再等等，我想我先等等好了。」Ton作勢要站起來，他見狀趕緊拉住對方的衣襬。

看看這個人，一年到頭從來沒有穿過睡衣睡覺，今天打算要做這檔事，反而把自己包得緊緊的。

……Ton哥，我受不了啦!!

真的不行了……。

「Ton哥什麼時候才不會想這麼多事，說這麼多話，乖乖閉上嘴巴開始做呢？」Chonlathee才剛說完就想打自己的嘴巴，為自己想得到對方的慾望感到羞恥爆表。

他害羞得雙手放開衣襬遮住自己的臉，避開Ton愣住的眼神，靠在床上用棉被蓋住頭說：「拜託你當作沒聽到！」

「你也像我希望你成為我的人一樣，期待我成為你的人對不對？」

「你想聽我的真心話，還是愛面子的說法？如果是真心話，我從很久以前就想成為你的人了，但如果是愛面子的說法，我會叫你出去睡外面的沙發。」

「你都這樣說了，難道還以為我會乖乖出去睡？」Ton把Chonlathee推倒在偌大的床上，用手臂撐住跨在上方，強迫Chonlathee躺著和自己四目對視。

「我沒有做過。」他說。

「我知道……」

Ton往床頭的方向爬過去，Chonlathee一開始還好奇大個兒到底想幹嘛，沒來得及發問，便聽到抽屜被打開的聲音，接著是拿出某個東西的聲音。

保險套盒子和潤滑液……。

屋內再次被寧靜籠罩，Ton哥又回到他身上，再次四目對視，只有空氣凝結，但Ton哥的動作並沒有因此而停止。

併攏的腿被Ton哥的膝蓋分開，腰部的皮膚被熾熱的手掌觸摸揉捏，或許是因為緊張的關係，他胸口起伏的節奏開始亂了套。

「嗯……」Chonlathee輕聲呻吟，感覺到Ton哥全身的重量都壓在身上，重得不行。肩頸傳來一股濕熱的氣息，接著就被有型的厚唇吮吸著，熾熱的觸感，慢慢一路往下探到胸膛上。

他的脖子和肩膀肯定會出現啃咬的印記，Ton哥的脣瓣不時發出「啾」和「啵」的聲音，不斷地響在耳邊。

Ton原先的害羞和猶豫，已經化為全速前進，侵略的氣勢和一開始判若兩人。

除了脖子和胸部之外，Chonlathee的嘴唇也被親到腫脹，身上的寬鬆睡衣不知何時被脫掉了，現在的他只顧著喘氣，以及在強壯的身體下方不停扭動。

「你的奶頭是粉紅色的。」

「喜……喜歡嗎？」

Chonlathee的腦袋轟鳴著，好像要麻痺了一樣，尤其是看到在胸部附近徘徊的眼神突然向上看著他時，已經開始陣陣發熱的腹部，熱到幾乎快要爆炸。

「喜歡。」粗糙的舌尖舔著嘴唇，赤紅的舌頭被口水浸潤，Ton先是挑起眉釘，接著仔細地用舌尖舔舐著已經硬挺的乳尖，在左右兩邊輪流吮吸輕咬，不讓任何一邊被冷落。

「嘶……哈啊！」

Chonlathee抬起下巴，後腦杓陷入枕頭內，手指不自覺地抓緊Ton哥的手臂。感覺到乳尖被用力啃咬時，他的指尖用力掐入對方的手臂肌肉裡，粉色的乳暈被咬得依稀看得見齒痕。

此時在他眼前的人不像是Ton哥，而像是飢渴得想把他整個人生吞的……恐怖猛獸。

動作愈來愈凶猛，愈來愈激烈……接著他的腹部下方被對方毫不留情地探入觸摸。

「啊……嗯……嗯……」套弄的動作開始時，他的褲子同時被褪下，Chonlathee連害羞的時間都沒有，只能不由自主地抬高臀部，隨著手握的力道不停地扭動臀部。空氣中只聞得到體液的腥味，而他的耳朵只聽得見黏膩的摩擦聲，和自己斷續的喘息聲。

「不……不行啊……Ton……Ton哥……」痛苦與快感同時達到最高點，讓他的腦袋剩下一片空白，整個人就好像飄浮在空中，直到最後一滴滾燙的液體從洞口射出後才墜落回地面。

Chonlathee虛弱無力，氣喘吁吁地癱軟在床上。

「好美。」

「嗯？……什麼？」他視線迷茫地看著Ton哥，手掌來回撫摸Ton哥的裸背肌肉。

「你好美。」

「你不是都沒在稱讚別人漂亮的？」

「這不是正在稱讚你嗎？最美的就是你。」Ton嘴角上揚，將他的身體翻過去呈現臥姿，接著用手指劃過臀部的隙縫。

「這應該進不去吧……好緊……真的很緊。」

「你這樣講讓我很害羞欸！」Chonlathee吐氣，試圖舒緩臉上的潮紅，接著抓起枕頭套的一角咬住，緊閉眼睛聽著潤滑液蓋子打開的聲音。

Ton把濃稠的液體擠在手上，用手心的溫度加熱之後，將手指連帶著潤滑液一起送進Chonlathee的身體內。

「呃啊……」

「會不會痛？」

「不……不會……還不會。」Chonlathee稍微挪動身體，讓Ton結實的手臂環抱著自己。已經在裡面的手指緩緩地進出，均勻塗抹著潤滑液，想減少摩擦所造成的不適感。

「我要多加一根手指囉。」

「Ton哥……」他忍不住呻吟，感受著通道被撐開的感覺，「不必每個步驟都解說啦，我……會害羞……」

「好，那我少說話。」一道吻重重落在耳廓上，白牙輕咬著耳垂，接著熾熱的舌尖逗弄著淺洞。

Ton嘗試挑逗Chonlathee轉移他的注意力，讓他忽略第三根手指進入時所帶來的疼痛，接著耐心地又挖又鑽，盡可能讓他的身體變得酥軟。

「嗯……」

「我要進去了……受不了的話要說。」

「……好。」Chonlathee用手抹掉鼻尖的汗水。等體內的手指全部退出之後，身體也為之一鬆。但那個地方似乎沒法閒置太久，因為Ton哥已經拿起保險套，用嘴撕開了包裝袋。

Ton哥保持俯臥的姿勢，戴上套子後隨即貼了上來。沒多久，一股熾熱的觸感便緩緩入侵。

進入的速度很慢，但痛楚已經擴散至全身。

「嗯……嗯哼……」他的臉朝下埋入柔軟的枕頭裡，十指抓住床單試圖分散緊張的心情。他努力試著放鬆身體，試著專心享受對方不斷在他背上烙印的吻痕。

而Ton哥溫柔親吻他身體的舉動，似乎並沒有多大的幫助。

「還受得了嗎？」

「嗯……可是好痛。」他抬頭回答，頻頻眨眼擠出在眼眶裡打轉的淚水。眼淚沿著臉頰流下，接著被一道吻親走，「你已經全部都進來了嗎？」

「嗯，全都進去了。」

「那繼續吧，我還行。」Chonlathee再次低頭回到臥姿，抓起Ton哥的手掌十指緊扣，當對方開始繼續動作之後，扣著的十指握得更加用力。

撞擊的力道緩緩開始，接著速度慢慢地加快，肉體拍打的聲音響遍整個房間。現在他好像沒那麼痛了，原先任性粗魯的抽插，開始變成另一種傳遞情感的媒介。

「Ton哥……哈啊……嗯……好舒服……」

「Chon……Chon……」

「我愛……我愛你……」Chonlathee小巧的下巴被向上抬，Ton用嘴巴封住對方，將每一個字吞進喉嚨裡，再猛力撞擊抽插，直到兩人同時達到高潮不停地抽搐。

……床單被他弄髒了，而Ton哥則退開轉身，將已經裝了液體的保險套脫掉，接著撕開另外一包……戴上，立刻繼續第二回合。

第 20 章

「我就是起不來，今天我就是不出門，而且什麼都不想做。」

已經中午了，Chonlathee拉起被子蓋住身體，眼睛不爽地瞪著站在床邊笑嘻嘻的傢伙。

Ton哥真的超過分的，用掉兩盒保險套，而且每回合都將近一個小時，害他的腰差一點就要斷了，更別說下面的洞口，已經麻痺到不知道什麼叫痛。

但是話說回來他自己也有錯，因為每一次Ton哥問還可不可以繼續的時候，他也沒有拒絕過。

「我不是要你出門，只是拿飯來給你吃，吃完等一下就可以吃藥，而且你好像發燒了。」

「那今天Ton哥有要出門嗎？」他起身靠著床頭坐著，全身無力地挪出一個位置，讓Ton哥坐在身旁。

現在房間裡的情形跟被炸彈炸過沒兩樣，檯燈倒在地上，連書櫃也東倒西歪。

「沒有，我得收拾房間才行。」

「我們根本不像在做愛，簡直就像是在打仗。」

「如果下次更猛的話，你還受不受得了，Chon？」

「受不了，我要換一個正常人類的男朋友。」他對著Ton乾笑，故意刺激對方的醋意。經過昨天這一戰，Ton哥的醋桶指數似乎已經飆到最高點。

「你敢的話就試試。」Ton哥抬起他的下巴，重吻輾壓以示懲罰。

「我好怕，我才不敢呢！你拿什麼給我吃？」

「培根蛋三明治。」

「自己做的？」他的背靠在Ton哥的胸膛上，看著盤子裡有兩片吐司，中間夾著某種餡料，以及萵苣、番茄和洋蔥。

「嗯，你之前提過，所以我上網找了食譜照著做，吃吃看，我放的都是可以吃的料。」

「好啊。」他猶豫地拿起長相有點奇怪的三明治，轉頭看著滿心期待的主廚，然後咬牙下定決心，咬了一小口。

「怎麼樣？」

「你是不是得到我之後就開始計畫謀殺啊？」調侃完之後，Chonlathee把三明治放回盤子裡。

「有這麼糟糕？」Ton臉色一沉，拿起Chonlathee放下的三明治，為了確認味道咬了好大一口。

結果馬上吐出來。

「對不起，來不及提醒……」

「都是因為男朋友叫Chonlathee的關係，男朋友的名字是海洋，所以三明治才會變這麼鹹。」Ton把三明治放在床頭旁的小桌上，轉回頭對著他尷尬地笑笑。

「超級瞎掰。但我可以吃，畢竟是你用心做的。」

「不用，不必為了討好我虐待自己……你想吃什麼？我去買好了。」

「那就稀飯吧。可是先不要走，我想繼續維持這樣一會。」他撒嬌地說，手臂環住Ton哥的脖子，慢慢移動身體坐到結實的大腿上，一頭埋進有淡淡香味的頸間。「我絕對不會把你還給任何人。」

「你剛才說什麼？」

「我愛Ton哥，外加一杯珍奶。」

「撒嬌鬼……」堅挺的鼻尖壓在他的頭上，下一秒便退開，「你先睡一下，我很快就回來。」

Chonlathee吃完Ton特地開車出去買回來的名店魚肉粥，再吞一顆退燒藥後便睡了整個下午，到了傍晚發燒症狀開始減緩，可以起身在家裡走動了，不過動作還是有些不自然。

「想拿什麼為什麼不跟我講就好？幹嘛自己起來。」

「我沒事，可以起來走動啦，Ton哥在做什麼？」

「洗碗。」Ton移動身子，露出洗碗槽裡疊成一座山的碗盤。

「是早上做三明治給我吃時用的嗎？為什麼用這麼多盤子？」

「因為不會做，下廚好難！」

「一點都不難，做菜、游泳和開車，這三件事我認為只要學會了，一輩子都不會忘記。」他走到Ton哥身後，抱住正在洗碗的大個兒。

好愛你，好想一直像這樣抱著。

「我會游泳，會開車，但下廚做菜真的是太難了，做出來的東西連狗都不想吃。」

「要不要我教你？就從今天晚餐開始？」

「好啊，如果你不怕廚房爆炸的話。」

「Ton哥……」Chonlathee聲音沙啞地叫出對方的名字，下巴擱在寬厚的肩膀上。

「嗯？」

「可以不要用goo／mueng嗎？我想聽你講好聽的話……好不好？」

「那我用『哥』代替自己如何？」

「不要，用『Ton』一個字自稱就好。」

「Ton把碗洗好了，像這樣？怪噁心的。」

「超可愛的。」Chonlathee把人抱得更緊，Ton開始走動之後，他也跟著一起動。

「你真的很喜歡可愛的東西，像那個籃子裡的娃娃也是。」

「只有Ton哥不可愛，你歸類為粗獷！」他露出燦爛的笑容，任由大個兒一把抱起他，把臉貼近後走到沙發上坐下。Ton將他抱到大腿上坐好，兩人面對面互看著。

「仔細看好，說清楚我哪裡不可愛了！」

「眉毛、眼睛、鼻子、嘴巴、胸口的刺青、身高，還有肌肉。」

「你乾脆說是全身算了。」

「但是我喜歡這樣的你。」Chonlathee把大個兒抱得緊緊，模仿貓咪讓自己化為液體纏在對方的胸膛上。

「我能不能拍照？媽的，你現在超可愛……要不是因為你還在痛的話，我真想再來一次。」

「可以拍，但不準貼。」

「幹嘛貼？我要留著自己看。」Ton從褲子口袋掏出手機，開啟前置鏡頭，自拍兩人的合照。

「合照？」

「嗯，不行？」

「不是，我只是想說，要傳給我喔！」Chonlathee把頭離開Ton的頸間，看過剛才拍的照片後，又繼續回到原本撒嬌的姿勢。

兩人一起坐在沙發上許久，話語似乎都變成多餘的，只要兩人的肌膚緊貼在一起就好。Ton玩著手機裡的遊戲，但是仍維持著臉頰貼臉頰的姿勢，直到他的手機發出震動聲，兩人的臉頰才終於分開。

「我出去講個電話。」

「是誰打來的？」Chonlathee忍不住好奇一問，即使很清楚這麼做像是在干涉隱私。

「中學同學打過來的，很久沒聯絡了，不知道有什麼事。」

「嗯。」他回應，然後站起身。「那我去準備晚餐好了，你講完電話要去廚房幫我喔，我需要幫手。」

「好，我盡快。」

Chonlathee的後頸被厚實的手掌抓住，男人的脣瓣隨後落下。在雙脣輕輕相貼之後，Ton便往外面陽臺移動。

解開米色廚房圍裙的蝴蝶結，Chonlathee花了大約一個小時簡單組合了兩、三道餐點。現在他都準備好了，可出去講電話的人卻還沒有要回來的跡象，於是他停下手邊的事，打算走到陽臺看一下還在講電話的Ton哥。

雙腳隨著思緒向陽臺走去，他看見Ton哥高挑的身影背對著他。其實他沒有故意要偷聽或做出失禮行為的意思，但當他一打開陽臺的門，便聽到Ton哥的聲音飄了進來。

「誰忘得了啊，交往了七年耶……Chon？嗯，我們在一起了……不愛啊……」

砰！

「欸，我先掛了！」Ton立刻掛斷電話把手機收進口袋，急忙走到蹲在門邊的Chonlathee身旁。

「我要過來叫你吃飯，結果不小心踢到花盆……我是不是打擾到你了？」

Chonlathee按壓著腳踝，儘管他心裡很清楚，是因為聽到「不愛」兩個字，視線才會變得模糊，導致沒注意到放在地上的花盆。

「痛不痛？讓我看一下傷口……你流血了……」

「痛，但沒事。」他露出笑臉掩飾疼痛，可下一秒突然被公主抱抱起，他雙手環抱住Ton的脖子怕掉下去。大個兒把他抱到沙發上，急忙地找醫藥箱幫他處理傷口。

「我幫你用酒精消毒，會有點痛。」

「好。」Chonlathee看著自己被大手掌固定住的白皙腳掌，倒在棉花上的酒精飄出刺鼻的味道，即使對方清潔傷口的動作很輕，不過刺痛感仍絲毫不減。

他的大拇趾被花盆底盤邊緣的尖銳處劃傷，傷口並不深，長約半吋而已。

「皮卡丘圖案的OK繃，好可愛，很適合你。」

他把已經貼好皮卡丘OK繃的腳抽回來，抱住雙腿坐著。

「Ton哥電話講好久喔，在聊些什麼啊？」他狀似不經意地提起，明明心好痛，卻不敢探問真相。深怕追問會變成嘮叨，久了會讓對方覺得煩人……。

「隨便聊聊而已，很久沒聯絡了。他打來找我去參加同學會，Nai好像也會去。」

「那Ton哥要去嗎？」

「大概吧，還在考慮。」

「哪一天呢？」

「……下個月月初。」

「幾點？」

「應該是傍晚，時間還不確定。」

「所以Amp姊也會去嗎？」

「今天怎麼這麼多問題？」Ton皺眉，站起來坐到他身旁。

「對不起我問太多了……只是聽到你要參加同學會，還會見到Amp姊……讓我心裡有點不舒服。」

「我又沒有說什麼，你可以問，Chon。不要胡思亂想，我跟Amp已經沒有關係了。」

「已經不愛了嗎？」

「……嗯，不愛了。」

騙人！Chonlathee在心裡偷偷頂嘴，Ton哥真正不愛的人其實是自己不是嗎？

明明昨天一整晚都和自己在一起，明明自己都已經把整個人交給Ton哥了。

……那又為什麼……不愛……？

「又發燒了嗎？你的臉色好差。」

「沒有啊？趕快去吃飯啦，我今天可是卯足了全力煮喔！」Chonlathee搖頭否認，把摸著額頭的大手抓下來貼在臉頰上，輕輕地蹭了一會。

「對不起，結果我什麼都沒幫到。」

「沒關係，其實也不難煮。」

「下次我一定會幫你！」Ton哥伸出小指勾住了他的小

指，在臉上親了一圈後，被他勾住脖子一起倒在柔軟的沙發上相擁。

「Ton哥……」

「怎麼了？抱我抱得這麼緊。」

「我覺得我好笨，超笨的。」

「什麼事情超笨，你是怎麼了？」

「好笨……」他加重手臂的力道抱得更緊，妄想著這樣做Ton哥就不會離開他了，總有一天一定會愛上他。

總有一天他在Ton哥心裡的影響力，一定可以超過曾經住在裡面的那個人。

或許需要花上一年、兩年，或者跟Amp姊一樣要用到七年……但他願意忍耐當一個笨蛋，只求Ton哥不要拋下他回去找Amp姊。

「Chon，告訴我，你怎麼了？我是不是做了什麼讓你不安的事？」

「我只是害怕，因為我整個人都已經屬於你了，就連心也深深陷入對你的感情裡……我好怕你有一天會對我的付出視而不見，然後拋棄我。」

「那也太笨了，誰會拋棄你？絕對不可能，我可沒有膚淺到跟一個人在一起之後，又輕易地說不要就不要。如果我決定愛你，我就會一直愛著你，盡可能地給你最好的。」Ton語氣堅定地說，堅挺的鼻子在他的鼻尖上廝磨。

「我好怕你不愛我。」

「不用怕，Chon，不用擔心那種事。」

有型的嘴唇輕輕地親在他的唇上，Ton逗弄地輕咬他一下，然後才整個吮吸進嘴裡。

熾熱的溫度、黏膩的觸感、身上的體味全部融合在一起。這些都提醒著他，能讓他的心動搖得如此厲害的人，如果不是Ton哥……也不可能有別人了。

在嘴裡纏綿的舌頭依依不捨地分開，他急促的呼吸使得胸部明顯地上下起伏，而Ton哥已經變得全身通紅，這個警訊告訴他，如果再繼續纏綿下去的話，待會他會變得很慘。

「可以戴唇釘嗎？」細小的手指輕碰Ton下唇的左邊，隱約還可以看見這裡曾經穿過唇釘的痕跡，「我想知道戴唇釘接吻的話是什麼感覺。」

「好，等我戴上之後，就來跟你接吻。」

他的手腕突然被抓住，剛才觸碰下唇的手指被濕熱的舌頭舔舐，令他全身都燥熱了起來。

「你會喜歡的，Chonlathee。」

第21章

純黑色的厚款脣釘已經穿進了Ton的左邊下脣處，而Chonlathee則站在一旁看得心驚膽顫，當脣釘貼緊了鮮色的嘴脣之後，他甚至不自覺地嘴巴微張、雙眼發愣。

「穿洞的時候會痛嗎？」

「不會啊。」Ton哥回答，眼睛看著鏡子裡的他。

當然啦，戴了脣釘的Ton哥看起來變得更加粗獷了，如果問他喜不喜歡……說真的非常喜歡。

「我好喜歡……我們來接吻好不好？」他拉著大個兒大學制服的衣襬，向對方提出接吻要求時，害羞得低下了頭。

「你這樣低頭，要我怎麼吻你？」Ton哥的話都還沒說完，他就踮起腳尖把臉靠近，迅速地親在黑色的金屬脣釘上，冰涼的觸感讓人感覺……渾身為之戰慄。

「這樣親有什麼用，要深吻才對……」

「傍晚放學回來再親啦，要遲到了！」他推開寬厚的胸膛大喊，因為再過幾分鐘就該去學校了。

「襯衫的鈕釦全部都要扣好，你的脖子上都是草莓。」

「還不都是你做的好事！」他把Ton哥的手從脖子上拉開，然後把人從鏡子前推開，換自己照一下。

最上面那一顆鈕釦還沒扣上，但是對大一生來說，扣好每一顆鈕釦繫上領帶並不奇怪，因為還不到可以放鬆規矩的時候。

扣上鈕扣後，胸口的那一片草莓園還不成問題，但是耳朵後的草莓和腫脹的嘴唇要怎麼辦？

一看就知道經歷了一場猶如屠殺般的戰爭。

「你不用開車去，放學我會去接你，今天的課上到幾點？」

「四點，可是今天得去拍照，要放在學校的活動粉專上，應該會到晚上吧。所以我自己開車去比較方便，Ton哥也不用一直等我。」

「不要，我就是要去接你，不然我去籃球場等，你拍好之後就打電話給我。」

「好啊，那等我結束之後就打電話叫你過來接我。」Chonlathee一邊應答，一邊最後一次看著鏡子檢查服裝儀容，調整好領帶之後，拿起眼鏡戴上，轉身跨步跟著Ton哥一起去上學。

Chonlathee從下午就開始聽著連續響起的快門聲，和左轉、右轉、下巴往上的指令，直到拍出最好的照片之後才終於停歇。而等到Chonlathee重獲自由離開白幕背景時，手腕上的錶顯示時間已經將近晚上八點。

當二十幾個人的攝影工作完成後，他走到置物桌旁拿起帆布袋，向主辦單位的學長姐道別，並拿出手機撥電話給Ton哥，同時走出被拿來當作臨時攝影棚的教室。

累得要死，好想回去躺著抱Ton哥……。

來電答鈴音樂響了許久，等到都被自動切掉了，電話另一頭還是沒有人接起。

齊整的雙眉不禁一皺，他又打一次，再一次……直到他走到教學大樓前了，還是沒有人接電話。

「Chon!!」

「噢！Na！」他掛斷電話，抬頭望向某個朝他快步走來的身影，對方停在他身前露出開心燦爛的笑容，看著他的雙眼中藏不住閃爍的光芒。

「聽說Chon在這裡拍照，所以我就跑過來等等看，沒想到真的見到你了。」

「我剛剛拍完而已。」Chonlathee歪著頭，眉頭更加緊皺，「你在等我？」

「嗯，一個小時前就來等了。我說過啦，我不會那麼容易就放棄的，而且只是坐著等而已，小意思。現在你要去哪裡？」

「沒有要去哪裡，我在等我男朋友。」Chonlathee摸了摸後頸，看見Na臉上原本燦爛的笑容慢慢收起，覺得怪尷尬的。

「就是你之前說是哥哥的那位學長吧？」

「嗯，Ton哥，剛交往而已，對不起喔。」他雖然說了對不起，但其實自己也不知道為何要道歉，為何要覺得過意不去。

「那……Ton哥還沒有來接你嗎？」

「嗯，等一下應該就會來了。」

「那我陪你等吧，天色暗了，一個人站在這裡不好。」Na再次露出微笑，然後再次強調：「我真的只是以朋友的身分陪你等而已。」

「謝謝你。」Chonlathee原本打算拒絕，但是看一下周圍還真的是一片寂靜，便改變主意讓Na陪他等。反正這裡是公共場所，應該不會被吃豆腐才對，而且事實上這裡也沒有很暗。「我們找個位置坐吧，剛才等拍照的時候我站了好久，全身好痠，而且腳也好痛。」

「好啊，那你男朋友Ton哥去哪裡了，為什麼不來等你？剛才我等你的時候，看到別人的男朋友都在等女朋友下來。」

「他去練球了，Ton哥是運動員，每天都要練習。」兩人坐在學校接駁車的候車亭，這個時間已經沒有接駁車了，只有偶爾會出現轎車駛過。

「為什麼不打電話給他？」

「打過了，但是沒接，可能在忙吧。」握著手機的手握得更緊了，心裡期望著下一秒手機就會震動，而螢幕上會出現Ton哥的名字。

「不管多忙，如果知道男朋友會打電話找人的話，都應該隨身攜帶手機啊？如果是我，我會把我的另一半擺在第一位，從傍晚就來等了，甚至還會準備晚餐和飲料。」Na

翹起二郎腿，寬厚的肩膀靠在後面的椅背上。

「你會用名字自稱自己？」

「嗯，大多時候我會用名字代替自己，但如果跟很熟的朋友就會用goo／mueng。」

「我想你談戀愛的時候，一定會是個很好的男朋友。」Chonlathee晃著雙腿，低頭看著水泥地，試圖消弭自己胡思亂想的思緒。

是不是因為那句「不愛」，所以Ton哥才會這麼不在乎，沒有把他放在心上？

「拒絕我之後，居然還能說出這麼好的評語。」

「你也是，被拒絕之後還是陪我等呀。」

「又沒有關係，我只是被明白拒絕而已，又不是交往之後被分手。Chon不喜歡我沒關係，但我還是喜歡Chon，感情是自己的，無論是誰都無法阻止。」

「單戀其實也滿好的，不用期待對方為自己做什麼事情，只管一直愛著……就好了。」他勉強擠出笑容，但是內心卻泛起莫名的空虛感。

原本好好的遠距離單戀就好，幹嘛沒事跑到人家身邊找罪受……他的心又痛起來。

「看人吧，有些人喜歡占有，一定要個名分，但有時候在一起久了才發現對方不是對的人，最後還失去了更愛的另一個人。」

「你好像很有經驗？」

「那人跟Chon完全相反，不過事情已經過去很久了，我早就從那一次失戀中振作起來了，所以才會說被你拒絕只是小事一樁。」

「你不是說自己沒追過人嗎，那怎麼會有交往經驗？我以前都沒談過戀愛耶！」Chonlathee也一起靠著椅背，轉頭面向Na繼續聊天。

「很久以前交的，不是我追他，是他追我。」

「Na的前任現在在哪裡？」

「早就有新戀情啦，好聚好散，現在已經沒有來往了。」

「好好喔，不像Ton哥的前女友，分手了還陰魂不散。」他向Na說出心裡話，想說對方都願意提及私事了，自己也講一下應該沒關係。

「你知道這是為什麼嗎？」

「為什麼？」

「因為人們總是在失去之後，才發現自己最愛的人是誰。幸運一點的話還來得及挽回，但有些人則不，看運氣吧。」

「希望Ton哥的前女友是後者，我希望他們永不復合。」他笑著說，看著Na轉頭看著自己說——

「敢拋棄Chon的人，根本就是笨蛋裡最笨的那個。」

「我也沒有那麼好啦……」

「有幾個人會因為自己已經有男朋友了，而明確拒絕別人的追求？有幾個人能夠等男朋友快一個小時了，卻一句抱怨也沒有？有幾個人是明明有很多人對自己有意思，但眼裡始終只放得進一個人的？」

「我第一次看到Na的時候，以為你是那種自信過頭的人，沒想到能夠像這樣坐在一起聊這種話題。」

「優點是用來展現的……哪像Chon總是以為自己一無是處，但其實你真的超好的，非常好！」

「我只是不喜歡一堆人紛紛擾擾的，只會跟很熟的朋友講比較多話，還有玩在一起。」

這時，沉靜許久的手機終於震動起來。

「好啦，有人終於回電了……回去生氣個兩、三小時差不多吧。」

「為什麼要生氣，白白浪費幸福時光。」Chonlathee一邊笑一邊用食指放在嘴巴前，示意Na先不要出聲，他不想惹出事端，還是別讓Ton哥知道他和Na待在一起比較好。

「喂……」

「抱歉，今天教練有來，所以我沒帶手機進球場，你那邊結束了？現在在哪裡？」

「教學大樓前的接駁車站，你要過來了嗎？我等好久了。」

「啊……我現在在車上，等我兩分鐘。」

「好，我等你。」

他一說完，Ton哥便掛斷電話，周遭頓時陷入安靜，直到Na站起來。

「男配差不多該退場了，我還是先走吧，不然你會因為我惹上麻煩，那個Ton哥看起來還滿容易吃醋的。總之如果你受不了的時候，就乾脆試著發飆一次看看，對付一些人，有些時候我們還是得硬起來，不是什麼都讓著對方。」

「這個建議是特別送給我這個沒談過戀愛的人嗎？」

「如果能幫上忙，非常樂意。」Na舉起有刺青的那隻手撥瀏海，發現有車頭燈開往這個方向時便自然退避，不留下任何曾經出現在這裡的證據。

不久後，一輛轎車便停在Chonlathee面前，降下駕駛座的車窗，露出他最熟悉的粗獷臉龐。

「快上車，我帶你去吃點心彌補一下。」

「都十點了，哪裡還有點心店開門讓你請客的？」

「宿舍附近的小七啊，二十四小時不打烊。」Ton濃眉一挑，露出嬉鬧挑釁的表情，對於讓Chonlathee等這麼久的事沒有半點的愧疚，甚至還沒發現自己就是讓對方心情變糟的罪魁禍首。

「還真是小氣。」

「以後不會再請客啦，因為我不會再讓你像這樣等我了……我保證。」Ton放開方向盤，朝著Chonlathee的方向伸出小指。

「你真的是很……很Ton哥啊！」Chonlathee無奈地說。

對，他心軟了，還是別讓這種小事浪費彼此的幸福時光吧！

第 22 章

大門關上之後，瘦弱的背被推撞在一邊的牆壁上，Chonlathee嚇一大跳，進門後Ton哥突然抓住他往牆壁一推，接著一股柔軟濕熱的觸感貼到了嘴唇上。

黑色金屬脣釘有著和配戴者體溫相同的溫度，其硬度就和Ton哥刻意親到讓他全身酥軟的吻一樣。

他開始感到呼吸困難，原本打算推開寬厚胸膛的雙手也被固定在牆上，嘴脣被咬得開始發痛。

「你等我去接的時候，是在和誰說話？」Ton刻意壓低音調，牙齒隔著衣服咬在肩頭上。

「啊……蛤!?」

其實他想問現在是怎樣，但顯然不是可以搞笑的時候。

「你剛剛到底在跟誰說話！」Ton又問一次，眼神裡的光芒亮得異常。

「Na……Na只是陪我等你，因為已經很晚了……Ton哥，好痛喔！」

「你已經有我了，Chon，你有我了！」

面對激烈的侵犯，Chonlathee只能緊閉眼睛，身上的皮膚被揉得刺痛，頸肩被吸咬到逐漸紅腫。

「Ton哥，夠了！」

「……」

「Ton哥，我好怕，好痛！」熾熱的眼眶流下斗大的淚珠，喊出來的聲音明顯顫抖著。

現在的Ton哥讓他好害怕……為什麼他不像原本那個對自己很好的Ton哥了……。

為什麼……？

禁錮著他的手漸漸鬆開，大個兒往後退站在他面前，而他用手擦拭著眼淚，把已經脫落到肩頭下的衣服拉起來穿好。

「我要去洗澡。」……逃走，對，他想逃走，一點都不想面對現在的Ton哥。

「Chon……Chon，Chon！」

他甩開那隻手，腳步直直地走向浴室，關上門躲在浴室裡。但他沒有像剛才說的開始洗澡，只是站著聽Ton哥在外面叫他，試圖讓自己冷靜下來。

「Chon，對不起……」

「討厭，我不喜歡你這樣……」

「對不起，先出來聊好不好。」

Chonlathee重重嘆了一口氣，低頭看著還穿著皮鞋的腳，思考自己該不該開門。

「我要在這裡面聊，哥怎麼知道我在跟Na說話？」

「我看到粉專，有人偷拍你們，我剛剛才看到……你要我用什麼心情看自己的男朋友和其他男人單獨在一起，而且底下留言還有人說你跟那個小白臉交往了！」

「……我已經告訴Na我是你的男朋友了，我們只是以一般朋友的身分在聊天而已……而且那邊很暗，我不想一個人等。」細小的指尖拭去眼角的淚水，壓抑著內心深處的痛楚。「還不是因為你那麼晚才來接我，而且打電話你也不接。」

「對不起……」

「我很難過，我都已經忍耐不跟你吵架了。」

「我知道了，對不起啦，開門好不好，我想抱抱你。」

Chonlathee頻頻眨眼，淚水讓視線變得模糊。他試著甩掉心中所有的不滿和不開心，伸手轉動浴室的門鎖。

輕微的喀喀聲，門鎖開了，但門還沒開。

握住門鎖的手垂落到身旁，他轉身低頭背對著門，知道Ton哥已經開門走了進來。

「是我錯了，Chon，別生氣，不要生我的氣，是我太衝動了。」一雙手臂從後面擁抱住他，溫暖的氣息籠罩全身。

「嗯，我不生氣了，我自己也有錯，但是以後無論什麼事，先好好說話可以嗎？」

「你真的不生氣了？」Ton堅挺的鼻尖碰著他的臉頰，深吸口氣，然後像是在安慰他一樣滑過整張臉。

「嗯，我只是嚇到了，心裡有一點難過。」

「你說的難過，有沒有比生氣更可怕？」

「Ton哥……你愛我嗎？」Chonlathee摸著環住他脖子

的手臂，手指抓緊等待對方的答案。

「……」

「就說吧，你有什麼感覺就說出來。」……對，就直接說出來吧！

「等氣氛好一點，我再告訴你。」大個兒將他轉過身來面對面，低頭在額頭上落下一道吻。

「但是我想聽……」

「如果不愛你，我才不會像瘋狗一樣吃醋吧！」

「直接說出來好嗎，我不想聽這種還要自己想像的答案。」他雙手環抱Ton哥粗壯的脖子，整個人被抱起來。

Ton粗獷的嘴唇露出狡猾的笑容，帶著他離開浴室。

「我比較重視行動力，我會讓你知道，我對你的感情有多少。」

Ton哥為了證明自己說過的話，將他壓在偌大的床鋪上，或許是因為才剛吵完架而已，肌膚接觸的力道比第一次親密時更用力、更激烈。

他想之所以會這樣，是因為Ton哥為他吃醋的緣故，但是從對方戴著唇釘的嘴巴說出的話，讓他的背脊感到一陣寒意。

「你準備好吧，這次我不會像第一次那樣保留力氣的。」

「等一下！」修長的手指替他解開了領帶結，此時

Chonlathee的眼前只看得見深邃的臉龐，銀色眉釘和黑色脣釘爭相反映著閃閃光芒。

房間連大燈都沒關，他能清楚看見Ton哥全身泛著潮紅。

Chonlathee想阻止自己不斷互相摩擦的大腿，想推開對方，但是Ton哥替他解開領帶之後，又解開了每一顆釦子，血管突起的手將他的雙手束縛壓在頭頂之上，讓他的上半身自然呈現拱起的姿勢。

「什麼等一下？」

「我……」

「如果還沒想到，就等做完第一回合後再說！」Ton潔白的皓齒與黑色脣釘形成對比，笑得很開心，不像剛才那樣了。

「看你一直笑，不像剛才那樣氣沖沖啦……看我這樣動彈不得讓你心情這麼好嗎！」

「心情好不是因為壓制住你，而是因為看到你的奶頭所以心情好。」

「全都是草莓！」他低頭看自己白皙的胸膛，前天留下的痕跡遍布了整個胸口和肚子，「你真的很色！」

「準備接招吧！」

Ton還空著的另一隻手開始往下探，先揉弄大腿根部之後，才慢慢往下搓捏柔軟的臀部。熾熱的嘴脣貼合著他的脣瓣交換彼此的唾液，又往下延伸吮吸下巴，接著一路到達乳尖繼續激起他的興奮感，又是咬又是吸，不得不說黑色的脣釘讓他比上次更有感覺。

原本搓揉屁股的手掌停下動作，移到褲頭解開釦子，將外褲連著內褲一起往下扯到腳踝處，故意卡在那裡阻礙行動，讓他只能不斷地扭動身體試圖鬆開禁錮。

大個兒的鼻尖在耳後游移，輕輕地觸碰著不肯離去，緊接著又沿著頸線一路下滑到肩頭。

動作看似綿密溫柔，卻又同時充滿著激情。

Ton哥結實的腹肌壓在他敏感的部位上，冷氣運轉的聲音夾雜著沉重的吸呼聲，讓房間內的溫度不斷地升高。

Chonlathee全身汗水淋漓，尤其當強而有力的手指插入體內時，幾乎每一個毛細孔都滲出透明的汗水，就連最敏感的地方也溢出濃稠的液體，身體隨著結實腹肌的輾壓力道而上下起伏。

Ton哥沒有問他被霸道硬上的感覺如何，或許是下體的硬度便足以回答自己是好受還不好受。

「不要再和其他男人有所來往，你的身體只能為我保留，好不好？」

「嗚……嗯，我會盡力……」

Chonlathee從喉嚨裡發出呻吟，因為底下又多了一根手指，輕微的摩擦感讓他完全感覺得到手指進出的深度，已經到達了哪個點。

「又暖，又緊，你害我快要發瘋了，Chon！」

「哥進來，Ton哥……全部進來……！」

他的手腕被鬆開，身上的人往後退之後，所有的禁錮都隨之消失，但男人很快又回來，粗壯的部位倏地擠進他的裡面，猛力撞擊，凶悍的占有讓他難以呼吸。

「你把我勒得好緊……」Ton哥靠在他的臉頰旁低吟，情不自禁地不斷親吻整張小臉。

Chonlathee確定自己沒有時間對濕黏的碰撞聲感到害羞，因為當Ton哥的手扶著他的背坐起後，熾熱的火柱就猛地闖進了體內。

既激烈又深入，而且還頻頻刺激隱藏在深處的敏感點。

大個兒的動作時而輕緩，時而猛烈，兩人身體的每一寸肌膚都緊緊貼合。

「你是我的，我絕對不會把你讓給任何人……」

「我全都是你的，全都接收進來了……嗚……啊……是你的……」

Chonlathee狂亂地搖頭，出口的話也斷斷續續。他的頭後仰、髮絲在枕頭上散開，嘴巴不斷地發出嘶嘶聲，就像吃了辣炒食物一般。

小手的指尖掐入結實的背肌裡，劃出數道長長的抓痕，全身劇烈地顫抖著。

不只是他顫抖而已，就連床鋪也隨著往下壓的重量有節奏地上下震動，甚至震到放在床頭旁的桌子。

他像中了邪一樣渾身顫抖，倒下之後Ton哥還在繼續加速，接著將熱燙的黏稠液體填滿溫暖的穴內。

連桌上的水杯都被震得摔破在地上，把被Ton哥丟到地上的娃娃全都弄濕……。

「我的娃娃濕了……」

「你也跟娃娃一樣濕了……」

「先拿出去啦，我要去救娃娃。」Chonlathee眼神迷茫地看著，咬緊皓齒，試圖用力將Ton推開，但是卻被對方壓制在原地，下一秒又猛力衝撞起來。

「嗚……等一、下……輕……一點……」

「我表現出的感情，這樣還不夠清楚嗎！」粗獷的嘴脣輕咬他的下脣瓣，咬出一點點皮肉，但不會痛，只是感覺到一陣潮熱而已。

「嗚……不知道啦……慢一點……」

「那……我就繼續多表現幾次好了！」

一團亂，簡直就像被飛彈炸過一樣。

他睡眼迷茫地捲曲著身體窩在溫暖的被子裡，看著Ton哥幫癱死在床上的自己處理乾淨，接著收拾房間內的殘局，把倒地的矮桌擺正，將掉在地上被水淋濕的獨角獸娃娃丟進籃子裡待洗。

Ton哥一點都不溫柔，雖然從來都沒有溫柔過就是了。但是這一次他的狀態相當慘烈，除了前面不知道發洩了幾次脹痛到不行之外，後面還接受了對方無數次的發洩，不曉得

Ton哥哪來這麼多的精力。

如果Ton哥之所以會如此，是源自於對他也有同樣濃烈的感情的話，那麼他也相信對方的感情，真的多到足以淹沒他。

當太陽即將升起之際，房間內的燈光已經被熄滅，淡橘色光線滲過緊閉的米白色窗簾。胸口有著船錨刺青的大個兒靠過來緊緊抱著他。

「有點熱，你應該是發燒了。」

「媽的，是Ton哥太超過啦！」

「講髒話，你是嫌嘴巴還不夠腫是不是？」Ton捏住他的下巴拉向自己，重重地吻下以示懲罰。

「你還不是講更多髒話，每次都講goo／mueng，粗魯得要命。」

「不然要怎麼講？Ton……用名字代替自己嗎？Chon認為這樣適合Ton嗎？」

「不，你罪孽深重，髒話比較適合你。」他的嘴又被懲罰了，開始隱隱作痛，而且感覺又腫又脹。

他不得不承認，Ton哥一點都不適合甜蜜溫柔的話語，就是要這樣粗魯狂野。而他自己不僅可以接受，甚至還滿喜歡的。

「如果再親一次的話，你真的就不用睡了。」

「你還可以再來喔？說你超過真的剛剛好而已耶！」他笑了出來，被緊抱在溫暖的胸膛上時，眼皮頓時變得沉重。

「可以，因為我真的很喜歡你。」

「你還是不肯說愛我。」

「你是在掐著脖子逼我講嗎？」

「呵……」他笑笑，算不上回應。大腦告訴他別去在意對方有沒有說出愛了，只要在意Ton哥看似很愛他的吃醋疼惜舉動就夠了。

他並不喜歡胡思亂想，甚至還容易心軟……而當時聽到「不愛」的胸悶反應，已經幾乎都被他拋諸腦後了。

「好啦，Chon，我愛你，不過聽聽就先忘記吧，等氣氛浪漫一點我再好好說給你聽。」

「當暗戀的人，跟成為戀人，感覺真的很不一樣呢。」他翻過身，同時攤開被子一起蓋住Ton哥。他才不管對方會不會因為被他抱著而嫌熱呢！

「哪裡不一樣？」

「暗戀是一種淡淡的幸福感，但是當戀人則是酸甜苦辣混雜在一起。你誤會我的時候，我的心很痛，可是當你說愛我的時候，我的心又幸福得膨脹起來，好奇妙喔。」

「那你比較喜歡哪一種？」

「我也不知道。」

「……或許現在我還不是最好的男朋友，但是我答應你，以後我會做得更好，讓你被大家嫉妒，羨慕有我當你的男朋友。」

「好，我會等你。」Chonlathee鑽進眼前溫暖的懷裡，隨著諾言陷入沉沉的美夢之中，雖然眼皮緊閉，但嘴角仍舊上揚著。

第 23 章

Ton哥宣示主權的方式非常土法煉鋼，但效果卻超乎預期。首先是今天早上Ton哥親自送他到管理學院上課，摟著他的肩陪他走到教室門口，而且還讓他穿上自己那件大了好幾號的外套，接著把車鑰匙塞進他的手裡，解決以後等不到自己的問題再次發生，立刻惹得班上幾個同學眼紅，燃燒起八卦魂散播今日的最新消息，迅速到處張貼他和Ton哥的事情。

不，還不只這樣……。

Ton哥還把和他的合照貼在臉書上，而且照片超級搞笑，有的比YA，有的只露半張臉，有的只出現眉毛和眼睛。這些照片有些是不經意被偷拍，有些是用手擋住不給拍，總而言之就是沒有一張正常的照片。

而現在的他正站在工學院樓下呆站著，因為Ton哥把車子留給他，於是只好變成他跑過來接大個兒下課。

「Chon，你的照片我按讚囉！而且還註冊了三個新的臉書帳號，專門用來幫你按讚的。」Nai哥看見他出現在工學院似乎特別興奮，一見到他就趕緊衝上來跟他說。

「照片已經發布在粉專上啦？」他知道Nai哥指的是前兩天他去拍的活動照片，那天晚上之後他發高燒缺課兩天，完全不知道外面的事情進展到哪了。

「對啊，很可愛喔，Ton看到很多人按你的讚，醋勁超大的，一直在那邊發飆。」

「Nai，還真的是只要你知道，全世界都會知道。」Ton哥跟在Nai哥後面，看到他就把他摟了過去，用手背碰他的額頭量體溫。

「已經沒有發燒了，我現在都好了。」

「確定？」

「嗯，我已經康復了。」

Ton哥堅挺的鼻尖壓在他的頭頂上，讓人害羞得瞇起眼，他注意到很多路過的人對他們倆行注目禮，但Ton哥卻一副毫不在意的樣子。

「哎，你也過來讓我親親小額頭，人家好嫉妒Ton喔，眼睛被閃得不要不要的。」

Nai的個性言出必行，說到做到，話一說完便搭住Aiyares的肩膀往下壓，作勢想咬他的頭，接著又露出一臉恨得牙癢癢的表情，揉弄Aiyares的頭髮。但是當Aiyares抓住他的腰部一使力，原本揉弄頭髮的手立刻乖乖把頭髮整理得整整齊齊恢復原狀，尷尬地笑兩聲。

「因為愛你才會鬧著玩嘛。」

「煩欸，學人精！」Ton哥嘴角上揚，只不過臉上的眉釘和唇釘，讓他的表情看起來更加凶悍。

Chonlathee知道這個人雖然看起來凶歸凶，但其實沒什麼惡意。

「Aiyares，處理一下，他剛剛罵我。」

「處理掉你還比較快。」Aiyares一本正經地說，拖著Nai幾人到一旁的石桌慢慢聊。

「你壞壞！不愛你了啦！對了Ton，你要不要帶Chon去同學會？班長大人說定在下週六，我叫Ai陪我去了，到時候喝醉的話有人可以扛我回家。」

……Nai哥的心情轉換真快啊……。

「Chon不喝酒，他去了也不好玩。」Ton回答，並沒有注意到抬頭望向他的男孩。

「噢，是喔，Chon不去，那你還要去嗎？」

「去啊，我每年都會去。」

「Chon，你這樣放他自己去OK嗎？Ton喝得很凶喔，你應該去管一管才對～」Nai一臉嚴肅地說，皺緊眉頭看著他，然後又看著Ton。

不然要他怎麼回答？雖然他其實很想去，但Ton哥沒問過他要不要一起去，而他也沒開口說過自己想跟。

他原本想會去的人都是同學吧，Ton哥應該會想要一點私人空間玩個盡興，可是當Nai哥說會帶Ai哥一起去的時候，他又突然出現某種想法。

「我已經長大了好嗎？會照顧自己，再說Chon也很體恤我，對不對！」

這種時候如果說不，等於是打Ton哥的臉，所以他只能回答：「對啊。」

「看吧，跟Chon在一起超棒的！」

「是喔？」Ai哥雙手交叉托著下巴，說出的話刻意壓低音調，就像在替他說出心聲一樣，「可是跟你在一起，一定超級辛苦。」

「怎麼說？」

「你問Chon。」

「Chon你會辛苦嗎？」Ton哥轉頭問他，眼神中綻放出某種光芒。

這種時候就不必刻意隱瞞了吧？如果辛苦就應該說出來，常常要擔心Ton哥其實讓他相當心累……。

「有一點。」

「那以後我少做幾次吧，做太多其實腰滿痠的。」

……Ton哥這個大笨蛋！

Nai哥不顧顏面地大笑出來，而Ai哥還在硬撐著正經臉，拚命憋笑中。

「算了啦，他可是Ton哥，我早就習慣了。」

「那你願意一直這麼辛苦嗎？」Ai哥繼續追問，但Ton哥已經露出一臉疑惑了。

「啊……嗯。」

「你們到底在講什麼，我怎麼都聽不懂？」

「不用插嘴，沒有人想跟蠢蛋講話。」Nai哥用看起來像上課講義的東西捲成棒狀物，力氣不大不小地打在Ton哥額頭的正中央，下一秒便迅速被奪走，展開一場臨時戰爭。

他看著Ai哥，發現對方正對著他笑，然後嘆了口氣。

「我家也有辛苦之處，不過我已經找出應對的訣竅了，Chon呢，你已經找到了嗎？」引起戰爭的導火線紙棒被Ai哥搶走，深橡木色的眼睛和Nai哥大眼瞪小眼，Nai哥嘴巴小聲叨唸了兩三句之後，不久便坐下來指著Ton哥的臉說……。

「混蛋，給我記住！」

「那就先想辦法逃出Ai的掌控，再來找我報仇喔！」

Ai哥已經有可以搞定Nai哥的方法了，但他連能夠接招的辦法都還沒有……看來他該做點什麼了，一定要想辦法搞定！

Ton從衣櫥裡拿出白色的寬領T恤，穿上後蓋住了胸口的船錨刺青，只能隱約看到有刺青的痕跡，搭配刷白的破洞牛仔褲，讓眼前這個男人看起來相當賞心悅目。

他從置物架上拿起皮夾和手機，放在褲子的後口袋，然後拿起車鑰匙在手上轉啊轉。

Ton哥已經準備好出門了……。

去參加同學會。

此時Chonlathee正穿著睡衣盤腿坐在床上看著對方。

「喝醉的話就打電話給我，我會開車去接你。」

「嗯，我會照顧好自己，你不用擔心。」

「怎麼可能不擔心，你是我男朋友耶！」他刻意強調男朋友這幾個字。雖然Ton哥有時候真的很遲鈍，但現在的他明顯表現出了吃醋的樣子。

於是大個兒便過來抱著他，用堅定的承諾安撫他。

「我發誓，我不會跟Amp講話。」

「……我相信Ton哥，所以請你別讓我失望。」

「謝謝你。」Ton只簡短地回答，然後Chonlathee便感覺到嘴脣上傳來金屬的冰涼觸感。

「謝我什麼？」

「謝謝你對我這麼好，謝謝你信任我，謝謝你對我的放心。」

「因為……這是相愛的人應該做的事。」

「有你愛我，真是我的福氣。」大個兒緊緊地擁抱他，不過溫暖只停留幾秒而已，已經到了該出門的時間，不得不走了。

「車子開慢一點，到了要打電話給我喔！」

「嗯，我到了打給你。」

低聲回應的話是他最後聽到的聲音，接著Ton哥就出門了。

要不要打賭，Ton每次答應別人的事情，只要前腳一踏出大門就會忘光。他忘了剛剛才答應過Chonlathee到餐廳之後會立刻打電話給他，因為一到餐廳之後，見到許久不見的老朋友，原本擺在最重要位置的人就自然而然被降了順位，重要性也暫時隨之下降。

所有的記憶都被味道刺激、直衝腦門的酒精所取代，這還沒算上老同學遞給他的薄荷菸，一根接一根地，已經數不清抽掉了幾根。

他的理智所剩無幾，大腦漸漸進入失憶斷片的狀態。

「Ton，節制一點啦！」低沉的聲音和拍打在肩膀的觸感同時出現，Ton轉頭去看才發現是Aiyares過來阻止他繼續喝酒，甚至拿走他手上裝有茶色飲料的杯子。

「我知道自己的極限在哪。」Ton回答後便搶回自己的杯子，原本就暴躁的脾氣，此刻變得更暴躁了。

「因為那個美女害你心情不好嗎？她一直看著你，你也看著她……Nai說她叫Amp，是你的前女友。」

「Nai那個大嘴巴！」Ton苦笑，看著Aiyares拉開他旁邊的椅子坐下。

這一桌全都是他的中學同學，但Aiyares似乎並不在意，一副非常自在的樣子，只跟Nai介紹過的人打招呼而已，然後就安靜地坐好。

至於Nai？現在應該在餐廳裡的某處拍動翅膀跳小雞舞吧。

雖然沒看到本人，但Ton有預感那傢伙一定正在跳這個動作，而他手上的杯子還裝著Oishi綠茶的日本米口味，騙別人說是烈酒到處跟人乾杯。

「Chon不會有意見嗎？」

「Chon他懂我。」Ton突然想起應該打電話給家裡的人，結果拍了拍口袋後發現沒東西，僅剩一絲的理智告訴他，應該是掉在了車上。

「所以就可以任性妄為？」

「我久久才出來喝茫一次，你幹嘛替他在這裡胡思亂想！」

「我沒有在胡思亂想，但是我很同情他。你居然在這裡跟前女友大眼瞪小眼隔空拚酒，Chon讓你出來喝酒是因為放心你，信任你，但你別糟蹋了別人的信任！」

「我的手機好像還放在車上……」Ton的語氣平淡，對Aiyares的提醒毫無半點反應，「我先去打電話給Chon。」

「如果想先走的話，就告訴我吧，我開車送你回去，順便把Nai一起叫回家。」

「嗯，謝啦。」簡短應答之後，Ton醉醺醺搖頭晃腦地站起來。

「Chon很愛你，忍耐了很多事情，你不要讓他失望。」

「知道啦！我也很愛他啊。」

「我爸教過我，遇到喜歡的人的時候，要先學著將心比心，你想想自己對Chon做的事情，然後試著想像如果你們角色互換的話你會有什麼心情，只要是智商正常的人，都知道你正在讓他痛苦。」

「我知道自己在做什麼！」

「知道就好，因為愛情這種東西，只要你猶豫或慢了一秒，就足以毀了一切。」

此刻最讓他心情煩悶的就是Ai，說真的聽到好友那樣說讓他很生氣，但是等他走到停車場時，思索著剛才聽到的話，他才意識到比Ai更讓他心情不爽的人就是他自己。

他忘了自己答應過Chon到餐廳後會立刻打電話⋯⋯。

還答應過絕對不會在意Amp那個前女友，但他卻一直和對方互瞪。

並不是因為他還愛著Amp，或想回到從前，他只是好勝心作祟，想讓對方知道就算沒有她，他也可以過得很好。

但是結果好像適得其反，愈是挑釁，情況就愈糟糕，因為他都還沒走到自己的車子那，一道眼熟的高挑身影就擋住了去路。

曾經熟悉的氣息，還有撲上來環抱脖子的動作，都是他以前再熟悉不過的互動。

「我現在才發現我前男友滿帥的，不過脣釘讓我心情不太好。」

「Amp⋯⋯」

「哼，我說過啦，下次見面的話不會是巧遇。」

「然後呢？」他吐出一口悶氣，近距離下聞到的誘惑香水味勾起他的回憶，卻讓他有點鄙視自己。

這味道讓他想起之前每一次的親密，誘惑、激烈、熾熱⋯⋯壓著他深深地沉入虛假欺騙的愛情裡。

欺騙？……為什麼會想到這個字眼？或許是因為曾經的愛情已經結束了，亦或是過去的那一切都只是迷戀，並不是真正的愛情。

「Ton才不可能忘記我呢……不然就否認啊，說我靠你這麼近你都沒有任何反應，只有我最清楚……你超容易興奮的！」

「我是很想，但不是跟妳。」他深深吸進一大口氣，試圖壓抑下半身開始蠢蠢欲動的慾望，畢竟身體只要受到刺激都會產生反應，這很正常。

但是他想要親密的人……是那個身上帶有淡淡香味的人，那香味有時候讓人覺得被勾引，有時候卻又讓他感到平靜和舒服。

「想和Chon做？」

「想跟自己的男朋友做愛有問題嗎？想跟不是男朋友的人做才奇怪吧！」

「你很愛他是不是！」

「原本是還好，但是見到妳之後，才讓我發現自己對Chon的感情是什麼……可以放手了吧，我要跟男朋友講電話，是我非常愛的男朋友，我們幸福到不必平均每三天吵一次架。」

他甩開抱住他腰部的纖細手臂，輕輕地推開Amp，打算回車上拿手機和皮夾，然後回店裡叫Ai開車送他回去。

還沒來得及轉身，忽然間一雙鮮豔的脣瓣壓在他的嘴上……。

都說了是曾經熟悉的親密接觸，等他終於推開她，氣急敗壞地抹去嘴角的口紅時，除了聞到虛假的味道之外，他什麼感覺都沒有了。

「如果我不高興，Ton也別想得到幸福！」

「……為什麼妳讓我覺得我們好像從來都沒有真的相愛過一樣，一直以來都只是在想辦法贏過對方而已，就連現在也是。」

說來可悲，他現在才發現自己以前一直想著要贏過眼前這個女人，如果Amp使壞，他就會讓自己變得更壞，如果Amp衝動，他就會變得更衝動，一直都想戰勝對方，想盡辦法拿到兩人之間的掌控權……。

這麼糟糕的個性……還不自覺地用在Chon身上……。

但他和Chon從來都沒有吵過架。

這是理所當然的，因為每次都是Chon讓他。

對不起，以後我一定會變成更好的人。

「或許吧。」Amp的纖瘦身影走到一輛轎車旁，看著後照鏡擦拭自己沾到口紅的嘴巴周圍。

Ton曾經喜歡過那種當情慾濃烈時，被對方的口紅沾滿嘴巴的感覺。但是現在只剩下了嫌惡，尤其是在聽到對方所說的話之後，更是厭惡至極。

「我錄下了剛才我們接吻的影片，而且已經傳給Chon了，我打從心底祝福你的新戀情順利囉！」

「妳怎麼可以……賤到這種地步！」

髒話脫口而出之後，他確定他跟Amp已經徹底完了，他的初戀結束了……。

而且還是非常無恥的結局，甚至嚴重影響到新戀情！

第 24 章

車門打開之後，Ton立刻拿起放在副駕駛座上的手機，十三通未接來電，他的大腦裡不斷反覆著「死定了」三個字，背脊瞬間發涼。

正要打電話給Chon，不料第十四通電話就先響了起來。

「Chon……」他的聲音顫抖，嗚咽聲聽起來就像小狗溺水，連他自己都感覺到坐在柔軟座椅上的屁股極度焦躁不安。

「你在哪裡？」

「我正要回去，馬上就回去！」

「不用了！」Chonlathcc喝斥回應，嚇得他倒吸了一口氣。

「Chon你……看到影片了對不對？」

「看到了，我馬上開車去找你……我想聽你親口說。」

「我……Ton可以解釋。」

「我一定會讓你解釋，不用怕。像我這麼冷靜，這麼好說話，這麼努力理解你的一切的人，只是聽你解釋而已有什麼困難……但是謝謝你，用這種方式回報我。」

「Chon……Chon！」Chon說完之後便掛斷電話，他一邊回電，一邊拿起對方最喜歡的娃娃，緊抱在胸前。

電話沒接……。

他總算見識到了，當Chon生起氣來……真的超級恐怖的！

這種想把自己縮成一團找個洞躲起來的感覺，發生在身高超過一百八的他身上一點都不搭，但這卻是他在餐桌上滿心不安地搓手時出現的心情。

很多同學都回去了，餐廳裡的人潮逐漸散去。現在坐在他旁邊的Nai正在搔後頸，而Aiyares則坐在Nai另一邊的位置。

這兩人已經了知道事情的來龍去脈，就算Nai平時總是跟他打打鬧鬧的，但在這種時候仍願意馬上站出來當證人替他辯白。

至於始作俑者Amp……丟了顆炸彈之後便消失無蹤。

不過就算人還在，他也沒有心思去理會。

「我剛剛才提醒過你。」

「媽的Ai，別再落井下石……」

「我問你，怕老婆嗎？」

「怕啊，這還用問？」他已經全都一五一十地坦白了，嘆了口氣望向大門，他一直拿著手機以準備隨時接起Chon的電話，「我好像每次都後知後覺，怎麼這麼笨啦我！」

「你現在才發現自己很笨？」

「今天就隨你們罵。」寬厚的背部向後靠在椅背上，靜靜地陷入思考將近五分鐘。

緊接著他忽然打直腰背，正襟危坐地看著Chonlathee嬌小的身影打開餐廳的大門走進來。

米色襯衫的袖子捲到手肘處，搭配藏青色短褲，腳踩著知名品牌的拖鞋，那個人影明明看起來很熟悉，卻散發出異樣的氛圍。

他從來都沒有仔細看過這個人長得有多好看，小巧精緻的臉龐和五官，泛紅的嘴唇，髮絲柔軟到隨風飄動……好可愛，無論是姿態或小動作，Ton都明顯感覺到這個人對自己來說，擁有比一般人更高的性吸引力。

淡棕色的大眼睛看起來如此誘人、神祕、吸引人，若被這個人盯著看，又不小心對到眼神的話，可能會不知不覺被勾走魂魄。

……這種眼神……他好像在哪裡看過，他對這股魅力仍有深刻的印象。

咖啡店裡……那個穿著粉紅色上衣的男孩。

在山崖上……那個溫柔得讓人心情舒緩的眼神。

笑起來像月亮般彎彎的眼睛。

還有在床上……那個不斷扭動、泛起潮紅的身體，以及無意間流露出的、渴望著他的眼神。

而這雙眼睛此時此刻似乎正壓抑著心中的怒氣。

這一切描述的都是同一個人……他承認自己已經愛上這個人的一切，哪怕現在正準備要挨罵。

「Chon……」

「五分鐘，讓你解釋，之後我也會說五分鐘。」

「小Chon你先冷靜一下，事情是這樣的，Ton他的確不是故意的……是Amp主動去親他……」Nai搶先打破了Ton和Chonlathee之間的低氣壓。

可是看來沒有用。

「Nai哥，我認為我已經夠冷靜了。Ton哥你說啊。」

他腦袋一片空白，想不出任何解釋的話，內心深感自責，唯一想到的是……。

「對不起。」

「？」

「我……我不是故意讓事情發生的……我沒想到……會親……」他下意識地舔了一下嘴脣，一隻細瘦的小手突然伸到他嘴邊幫他擦拭，這個舉動讓他嚇了一跳。

「沾到口紅了。」

「Chon，對不起，不要生氣，現在的我對Amp真的沒有任何感情，對不起。」

「……」

「Chon……」

然而對面的人卻用眼神表示責備，臉上滿是失望。

「還剩兩分鐘。」

「我錯了，是我太笨，以前都沒發現你對我有多好，而我也常常不小心對你太情緒化，可以原諒我嗎？」他只說得出這些，然後用沉默代替剩下的最後一分鐘。

他看見Chon盯著手錶，到了講好的時間為止，接著聽到重重的嘆氣聲。

「輪到我說了，從以前我就非常喜歡你，我愛你是因為你就是你，就算你很笨很蠢，後知後覺，脾氣不好喜歡亂罵人，但是對我來說都不重要。我總說你是最好的人，崇拜你，一切事情都讓著你……」大眼睛開始泛出淚光，不過Chonlathee仍忍著繼續說……。

「我沒想過能跟你在一起，是你讓我的美夢成真，讓我的心跳加速……但你其實根本就不愛我，對吧？我一直很想問你，這樣算什麼？不愛我的話幹嘛跟我在一起？但我還是吞回去了，因為我期望著未來或許你會愛上我，畢竟我是後來才出現的人，只能認命。」

「我什麼時候說過我不愛你了，你誤會了啦……我怎麼會不愛你，我愛你啊……」

「……來不及了，為什麼現在才肯說……我求你說的時候，你為什麼就那麼難以開口。你亂吃我和Na的醋，就算必須承受你莫名的壞脾氣，我也不想跟你頂嘴。我所能做的，只有聽你聊前女友的事，還要假裝出自己無所謂的樣子……我都退讓到這種地步了，無論是我的身體，我的心……是不是因為我太容易到手了，在你眼裡才會這麼沒有價值，最後還要眼睜睜地看著你和別人接吻的影片……不對，是和前女友，我才是那個別人。」

「Chon……」Ton支吾難言，原本打算把Chonlathee拉過來抱在懷裡，然後慢慢解釋，但對方卻側身閃躲，舉起手搖頭阻止他的碰觸。

他氣炸了，空氣中瀰漫著灰濛濛的氣息。

「我對你照顧得無微不至，而你卻當我是拋棄式，毫無價值。」

「我承認我有錯，可是先聽我說……」

「你可以解釋的時間已經結束了，就在五分鐘前。」

「……」……他無話可說，對方說的都是對的。

「出發前你承諾過我什麼，還記得嗎？」

「對不起。」

「你答應我不會跟Amp姊說話，如果你沒有和她說話，這件事就不會發生……你明明可以迴避接觸她，但你卻沒有那樣做。我不在的時候，你好像從來都沒有尊重過我……這樣一點都不公平，我連在氣到發抖的時候都還這麼尊重你，給你面子。」

「Chon，對不起……對不起。」

「你不讓我來，是因為打算要舊情復燃吧？」

「我沒有，對不起……」

「不要再說對不起了。」Chonlathee拚命眨眼不讓眼淚流下來，水汪汪的大眼失望地瞪著眼前的人。

Ton看著那雙大眼睛，心痛至極，好像被人從胸口挖出心臟直接捏碎一樣。

而犯下這一切錯事的人，挖出心臟捏碎的人。

喔……就是我自己！

「其他事情我都可以原諒，除了不忠這件事。」

「你誤會了！」

「是嗎，但是我已經沒有理由愛你了。」

「喂！你不可以拋棄我！我不是故意要去跟Amp接吻的……」

「但是你已經吻了，不然你要我怎麼反應才好呢……這麼不把我放在眼裡。」

他又說錯話了，錯到不可原諒……現在他的腦袋已經被罵得一塌糊塗了。

「分手吧，只有單方面在努力的感情，我一點都感覺不到幸福。」

白皙的手背擦拭掉臉上的淚水，嘴角勉強擠出一點笑容。

「不要！我不分！」

「那是你的事，我退出，不想繼續了。」

「怎麼可以分手，你愛我，我也愛你啊！」他伸手抓住細白的手臂，但不敢太用力，不敢抓過來抱在懷裡，打從心裡害怕這時候的Chon。

Chon變得和平時不同，無論是眼神或態度……老大哪！他的心真的好痛，感覺他媽的有夠糟糕！

「我愛你已經很久了，現在並不是不再愛你……只是我並不適合當你的男朋友，如果擁有你的代價要這麼辛苦的話，還不如退回到以前，回到暗戀你的身分還比較好。」

「……」Chon的每一句話，就像是一把利刃刺在他心上，讓他痛苦難耐。

「如果你還沒忘記她，就請放我走吧。」

他並沒有放手，而是用眼神祈求，希望能用這種方式將感受傳達給對方。

拜託不要走，我無法承受……。

「我什麼都可以聽你的……但我不想分手。」

我要哭了，Chon明明這麼小隻，可是為什麼生氣起來卻這麼恐怖……。

根本就沒有半句咆哮，可卻每一句都一針見血，而且句句都刺中他的心，這樣罵人才是最痛的好不好！

「已經沒有用了。」他抓住對方的手指被一一扳開，Chon微微點頭，沒有半滴眼淚，似乎已經接受了自己所做的決定。

……Chon走了。

只留下一件事，那就是讓他清楚見識到這個人的性格……果斷和說到做到。

決定退出、放手之後，就留下瀕臨死亡的他癱坐在椅子上，眼眶愈來愈熱，漸漸聚集的淚水幾乎快流了下來。

他不想就這樣結束。

「Ton你這個王八蛋，蠢死你好了，混蛋、混蛋、混蛋……」

「好啊畜牲，想罵我什麼儘管罵吧！」

他差一點就要哭出來了，結果被Nai早一步從後面一拳揍下來。

「就只會講對不起，煩死人了！」Aiyares環抱胸口嘆氣。

「我不知道該說什麼，解釋也只會被當成藉口……真的是我的錯，一切都結束了。」

「……去哄他。」

「他說已經沒用了。」

「蠢牛，純正百分百，無添加乳牛……」

講啊……再繼續落井下石啊……。

「去做給Chon看呀，努力一點，人家之前為了你努力過那麼多，你連用心去哄他都做不到的話，不只你老婆不要你，連我都想跟你絕交……我告訴你，真正要分手的人才不會跟你一一細數罪狀！」

「……那我應該怎麼做？」

Ton原本低著頭一副有氣無力的樣子，聞言漸漸抬起頭看著好友，依稀看見了希望之光。

「去Pantip(註)搜尋關鍵字，哄老婆的方法。」

譯註：電子布告欄網站，性質類似台灣的PTT。

「……你是不是失身之後還找過Siri講話？」

「Nai，你跟我那個之後還找Siri聊天？」Aiyares轉頭逼問張著嘴巴講不出話的Nai，「你怎麼問Siri的？」

「都過那麼久了……到家再聊這個吧，現在先處理Ton的事。」Nai的眼神飄到餐廳的天花板上，閃避一臉驚訝的Aiyares。

「那他會不會原諒我？」

「與其在這裡問我，還不如先起身，想盡所有辦法哄他……試過才知道他到底會不會原諒你。」Aiyares為了讓話題到此為止，對著Nai小聲交頭接耳，然後拖往對方往另一個方向去。

媽的畜牲，居然把跟Siri聊天的事看得比我還重要！

第25章

單！身！

大手掌裡的手機差一點就被摔出去，他竟然在半夜四點看到一年發不到一篇動態的人，突然貼了這麼一篇極短文。

不……他不是在生Chon的氣，而是氣那數千個按讚的人，並且已經在心裡殺掉分享這篇貼文的數百人……Chon的臉書到底有多少人追蹤！

而且Nai還在那邊留言「Chon打起精神喔！」又是什麼意思！

媽的畜牲，不想活了是不是！

等他哄Chon成功之後回到曼谷，到時候一定會奉上整套的拳打腳踢……媽的！

Ton忿忿地把手機丟在副駕駛座上，轉動方向盤將他的長型轎車開進大院宅內。此時的太陽離開地平線已經有好一會了，昨天出事之後，他一酒醒便立刻搜尋Pantip看有哪些方法可行，然後直接衝回宿舍，想著或許Chon還在，至少會先回來收拾東西吧！

但是卻沒見到半個人影，於是他先洗澡讓自己清醒點，接著到學校門口附近的宿舍去找，整晚都在忙著到處找人。

後來或許是老天爺同情他，Chon的媽媽Nam阿姨在凌晨三點打電話給他，問他出什麼事了，為什麼她兒子會突然在三更半夜回家。

他把所有事情的來龍去脈都說了……只聽見電話裡傳來Nam阿姨的嘆氣聲，然後說自己去處理，表明著支持他去哄Chon。還偷偷告訴他如果從Chon房間的窗戶看出去，剛好可以看到他家種的洋紫荊樹……圍牆不高可以爬上去，但因為漆了白色油漆，所以不要亂踩。

Nam阿姨的這段話差一點就是天大的好消息，要不是最後她又補了一句：「但你還是要做點心理準備，我兒子平常不怎麼生氣，不過一旦生氣起來，要嘛氣到跨年，要嘛一輩子都斷絕往來。」

他聽到都要哭了，不要對他這個蠢蛋這麼殘忍好不好……。

大手拿著一路細心呵護著的縷絲花花束，堅挺的鼻尖埋進花束裡聞著花香，腳步走到圍牆邊的洋紫荊樹旁。

用花哄男友……他發誓這真的是自己這輩子第一次送花給別人。上Pantip爬文了一整夜，光是研究哄另一半的方法，就可以讓他的大腦增添至少三條皺痕。

老天啊……請賜給我聰明的力量吧！

在他家和Chonlathee家之間的潔白圍牆，就如Nam阿姨說的一樣真的不高，或許因為是老交情，所以不需要蓋太高的圍牆。

老祖先當初一定沒有想到，會有這麼一天竟然出現如此不自愛的子孫，厚著臉皮翻過這一面圍牆。

不過現任的屋主都允許了……那他有什麼好怕的。

如果Chon的臥室在二樓的話，那麼放在陽臺的冷氣壓縮機就足以證明房間裡有沒有人。他正在評估Chon現在有沒有可能正在睡覺，或許只要踩在石桌上，用單手爬上去看一眼，就能確認對方是不是在睡覺。

二樓陽臺上的人躡手躡腳地盡量避免發出聲音，他靠近窗戶一步，試圖想從窗簾的縫隙觀察房間內的情形。

房間裡的冷氣看起來好涼爽，相比起來外面簡直熱爆啦！

讓我進去一起吹冷氣吧……。

落地玻璃門沒有上鎖，很容易就滑開了，他露出一絲微笑，幻想著等一下Chon看到他突然出現在房間裡，一定會嚇一跳。

對方看到花束一定會心軟，而且他還準備了甜滋滋的愛的告白，從剛才就已經背得滾瓜爛熟了。

不料窗簾突然自動拉開，方框眼鏡後面的大眼睛責備似地看著他。

「你停在那邊就好。」

「你知道是哥哥？」在開車來的路上，除了練習各種萬用的應對台詞之外，Ton連稱呼自己的代名詞也一併更換了。

「光看剪影就看得出來，你手上的那束花……是用來哄我的嗎？」

「嗯，我是來哄你的。」他臉上儘管掛著刻意維持住的燦爛笑容，卻仍不敢向前跨近一步，畢竟對方已經開口下令要他站住。

假如回去要被兄弟嘲笑怕老婆，又排擠他要他退出群組的話，他真的會退出，然後跑來黏著老婆不放，哪怕老婆現在看起來如此……凶悍。

「花就放在那邊吧，跟那一堆東西放在一起就好。」細小的手指指向房間一角，Ton定睛一看才發現那裡有一堆禮物和花束。

而且那些花比他手上的這一束還要大。

「誰送的？」這句話不在剛才練習的萬用台詞裡，而且他現在連剛才背的那些台詞都忘光了。

「很多人，我媽說一早有人送過來的，那一盒是第一個到的，大約凌晨五點左右，好像還夾帶一張卡片，我還沒來得及看。」Chonlathee原本坐在床上，說完站起身來走向那堆禮物。

而思考慢半拍的他這時候才注意到，Chon的房間裡幾乎都是粉紅色，到處都是絨毛娃娃，就連Chon的瀏海現在也用可愛的卡通髮夾夾著……。

好……好可愛……。

好想撲倒……但現在不是時候。

「嗯……他寫……如果孤單寂寞覺得冷，可以打電話給我，還附上電話號碼。」

「蛤!?」

「這一盒寫……還記得我嗎？可否賞臉一起吃頓飯，附上電話跟照片。」

「Chon常常收到這種東西嗎!?」

「偶爾，你有興趣？」

「我吃醋……」他嘀咕著，眼看著Chon毫不在乎地把花束丟進禮物堆裡，再低頭看著自己的花：「這束花是我這輩子第一次買來送人的花，我不希望它被那樣丟……像你剛才丟的那樣。」

「喔……你幹嘛吃醋，我們已經沒有關係了。」

「不要再生氣了好不好，我真的很不會哄人。」

「我沒有生氣，對我來說，我們的關係到昨天就結束了。」Chonlathee的語氣平淡，眼神也很淡定……卻相當具有殺傷力。

「……如果想回到從前的話，我該怎麼做呢？」現在這句話也不在Ton練習的台詞清單裡，他接著說：「我很笨，想不到要怎麼做才能讓你滿意，Chon你直接告訴我好嗎？只要不分手，我什麼都願意做。」

「我們已經分手了，不是因為我不愛你，而是因為你不愛我。」

「拜託你想一下，如果我不愛你，怎麼會千里迢迢跑來找你！」

「我求你了嗎？擅自闖入別人的住宅，還好意思對我發脾氣……」

又被罵了，而且還被瞪。但他只能把心裡的悶氣一股腦往肚子裡吞，讓帶點尷尬的笑容繼續留在臉上。

「拜託你給我點提示，我該怎麼做才好？」

「……追我吧，不過如果我不想陪你玩的話，成功率可就很低了。就像送曲奇餅乾給我的那個人……好像從國中就開始追我了。」

「好啊，可是拜託Chon陪哥哥玩一下啦……一下下也好。」Ton完全不假思索便立刻答應，一雙長腿走過去把花束塞進Chonlathee的手裡。

他用大拇指和食指比出一顆迷你愛心，意指雖然這束花小小的又少少的，但代表的是他真誠的、不斷重複、不會輕易改變的心意……。

「這段期間我還是會給其他人機會，Na剛才敲我訊息，說真的他滿不錯的，很像你，很像我喜歡的類型。」

「你不如揍我一拳吧，皮肉痛遠比心痛好多了。」

「其實我的選擇滿多的，等我再慢慢考慮就是了，才不用一直受傷。Ton哥你覺得……我是不是應該選一個沒有前任糾纏的問題，而且不要太笨的男生比較好呢？」

「居然這樣說，要不要乾脆我幫你過濾算了。」他從鼻子哼氣，看著對方嘴角上揚露出淡淡的微笑，讓他的心情更加不爽。

「如果你想幫忙選，我可以讓你幫忙喔。」

「我會選我自己！」

哼！也不看看我是誰！

「拉倒。你可以出去了，我要睡覺……」

「心好痛喔……我可以跟你一起睡嗎？」一開口就是厚臉皮的話，結果當然是被白眼回來。

「別讓我趕人。」

「Chon好壞心……」

「好心被狗咬，我已經受夠了。」

他只能摸摸後頸，Chon的這句話語氣平平淡淡，沒有半點酸味……而是直接當著他的面罵出來。

吼唷老婆……我的老婆……親愛的北鼻……請你原諒我好不好……？

「我自己關門……」

再次被趕出去，他一把抓住因為落地窗開著而隨風飄起的米色窗簾，向後再看一次可愛的臉龐，留下最後幾句話之後便決心離開房間。

「Chon，哥愛你，對不起我知道你聽膩了，但是我會一直講到讓你氣消為止。」

Chonlathee將落地窗上鎖，看著那一道剪影從二樓陽臺動作俐落地往下跳，雙手不禁拍打自己的臉頰。

不敢置信Ton哥居然來哄他了，而且還爬上二樓陽臺打算溜進房間裡。

無論是花束，還是那句「哥愛你」……以及被他趕走時露出的落寞表情，光是這些，就足以讓他心裡的怒火煙消雲散。

心軟？

是，他心軟了。雖然他是那種很難生氣，而生起氣來又很難氣消的人，但是所有事情總是有例外，而Ton哥就是那個例外。他真的生不了氣，只是因為昨天的事已經讓他難過到整個大爆炸，才會選擇退出。

但是當他看見Lexus轎車駛進大院宅，而那個大個兒跑來說要哄他的時候，其實他的心裡早就已經原諒了對方。

他好想撲上去抱緊Ton哥，但如果就這麼算了的話，只會讓問題一再地重複發生。

所以還是要硬起來……現在兩人可以說是互換了角色。

手上的縷絲花花束被小心翼翼地捧著，Chonlathee把花放在床上，趁花枯萎之前先拍下幾張紀念照。

這束花是我這輩子第一次買來送人的花……。

我的老天，光是這句話讓他無法收起笑容了啦！

下午開始颳起了暴風雨，直到晚上才稍微緩和下來，Chonlathee正趴在床上看著閒書，忽然聽見玻璃窗傳來叩叩地敲窗聲。

不用說也知道是誰又來了，他走到窗邊打開窗簾，就看見一張有點野蠻凶悍的臉，正站著倚靠在玻璃窗上。

好像曾經成功爬上陽臺闖入房間過一次之後，就會有第二次。

可他並沒有打開落地窗讓Ton哥進入甜粉色系的房間內。以前他曾想過要是大個兒站在三麗鷗娃娃大軍的陣營之中，這畫面一定超級怪異……現在看來果然真的超怪，只是當時他沒有心情管這些。

這段時間很少碰的手機一直被放在桌上，他拿起來走回到落地窗旁邊，用傳訊的方式取代用聲音溝通。

「我要睡了，你有什麼事？」

「我買豆漿來給你。」Ton也從口袋中拿出手機，回覆訊息之後就提起一袋東西給他看。

他很喜歡喝豆漿，Ton哥的宿舍前面有一家賣豆漿的店，而他也常常買來喝。或許對方開始學著關心他了，試著從過往的回憶中找尋線索來哄他，才會去買他喜歡吃的東西過來吧。

「我刷過牙了。」

「冰起來，明天可以喝。」

……他現在才知道Ton哥這麼固執，不過他早就看穿對方的把戲，一定是想騙他開門吧。

「就放那邊，等你走了我會拿進來。」

「你真無情。」

Chonlathee抬起頭望向那一雙犀利的眼睛，對方在收到他的訊息後挑了挑眉。忽然間，手機又震了起來，他再次低頭確認訊息。

「那我走了，祝你好夢。」

「剛下過雨，小心別滑倒了。」他將擔心對方的訊息傳送出去，然後看到Ton哥笑得露出兩排白牙，原本慘白的臉色泛起一絲紅光。

Ton哥敲兩下玻璃叫他抬頭看，四目相交之後便在玻璃上哈氣，在起霧的玻璃上畫出愛心圖案，然後眨了眨眼睛。

他立刻用力地拉上窗簾。

……原本他打算生氣一個星期的，但如果Ton哥像這樣出招的話，搞不好明天就被擊潰城牆了吧……？

第 26 章

Chonlathee一早就到陽臺迎接清晨的風，他站在房間的陽臺上，探頭估算著那個臭Ton哥每次來找他攀爬的高度，想像著那個大個兒應該是先翻過圍牆，然後走到大理石桌上，接著再慢慢爬上來。

Ton哥好像會很狼狽的樣子，感覺好慘喔……不然今天不要那麼狠心好了。

不過很快他就發現他錯了……。

因為那個臭Ton哥單憑一隻手便輕輕鬆鬆地翻過圍牆，跳到石桌上，接著再用單手爬上陽臺，整個過程只要半分鐘便完成了。

他忘了自己和Ton哥的身高差超多，這麼點高度對那個人來說根本不痛不癢。如果問他怎麼知道Ton哥是用什麼樣的動作爬上來的，答案就是——因為那個大個兒現在就站在他面前，露出極度燦爛的笑容。

「哥睡不著，所以乾脆起來跑步，沒想到剛好就遇到你，真幸運！」

他偷偷觀察著說自己起來晨跑的傢伙，合身的黑色T恤搭配同色的運動褲，對方不僅滿身大汗，就連頭髮也濕了，可見真的已經出來跑了一段時間。

「我要回房間了。」

「今天有沒有想去哪裡？我們去看夕陽好不好，我已經跟家裡的園丁大叔借好機車了，這次不用騎腳踏車那麼累。」

「我為什麼要跟你去？」Chonlathee雙手環胸故意刁難。他發現Ton哥的表情在聽到他的回答後變得相當失落，但是又努力擠出笑容。

其實他一開始就打算答應，只是想知道如果拒絕的話，Ton哥會怎麼做。

「自己去就沒人幫我拿手電筒照路啦。」

「機車不是有燈？」

「也對，一時沒想到……一起去嘛，我明天就要回曼谷了，要回去小考。」

「嗯。」

「嗯是指知道我要回曼谷的意思，還是答應了的意思？」Ton哥抓了抓頭，一臉尷尬樣。

完了，小流氓的形象全毀了，現在活脫脫像隻被主人忘記放飯的大狗狗。

「隨便你怎麼解讀。」

「那就……嗯……傍晚大門見？」

「誰家大門？你家還我家？」男孩問完便一副作勢要走回房間的樣子。

「我家好了，剛好有東西要給你。」

「喔。」

Chonlathee轉身背對著對方，聽到Ton哥因被他冷淡對待而發出嗚咽的聲音就忍不住偷笑。

大個兒不斷地嘀咕著「好狠心」，聽起來可憐兮兮的。

就讓你內傷死吧！

Chonlathee自己家裡的機車相當高檔，所以他完全沒想到Ton哥借來載他的機車會如此破舊，看起來像上個時代的玩意。墊高的坐墊上有縫補的痕跡，輪框上的幅條一部分已經被鏽蝕，看得他不禁膽顫心驚。

哥我是很愛你啦，就算生氣了還是愛你，甚至想過要把生命交付予你，可是人家對這輛機車一點信心都沒有啊！

「我是要來通知你，我不去了。」

「為什麼？」

「有事。」他對真正的理由避而不談，其實是害怕得不敢坐上這輛安全性令人堪憂的機車。

「難道你想出爾反爾？連最後這一點能跟你相處的機會都不給我？」

「……」很會演，為什麼Ton哥的纏人技巧可以在一夜之間就連跳三級呢？這跟那個前幾天一臉呆滯、默不解釋或根本就不想用力挽留他到最後的那個Ton哥，真的是同一個人嗎？

難道那一天Ton哥是因為喝醉酒的關係……所以腦袋才轉不太動？

他好討厭自己，居然又對Ton哥的失落表情心軟。

「……別騎太快，我會暈機車。」如果慢慢騎應該就不會出事吧？

「不會的，Chon趕快上車！」大狗狗又搖尾巴了……這句話簡直就在說此時此刻的Ton哥。

Ton哥用腳踩發動機車，如果讓他自己發動的話，今天可能就去不了了，不過由於用的是Ton哥的腳，因此只踩了兩、三下就聽到引擎發動的聲音，同時排氣管冒出灰黑色的煙。

看到煙不斷冒出來，Chonlathee坐上後座時想起了一件事……。

「我沒聞到菸味？」

「因為你不喜歡，所以我打算戒菸。」Ton哥簡短地回答，語氣彷彿不是什麼大事，卻讓他的心裡一暖。

Ton哥老是把小事鬧大，但遇到大事時卻閉口不談。

「為了我？」他想試探一下，滋潤滋潤自己的心靈。

「嗯，我說過了，為了你要我做什麼都可以，你希望我做什麼，不希望我做什麼，全都可以跟我說。」

「那可不可以不要像這樣一直剎車？」

「但這是哥唯一能靠近你的方法啊。」

他問話的同時，額頭和鼻尖還時不時地撞上Ton哥的背後。剎車的作用力讓他一直向前滑到駕駛座的後面，貼近到鼻尖都能聞到熟悉的味道。

「我選這輛就是因為後座墊高，要常常剎車，這樣才能讓你一直撞我。」

Chonlathee忍不住在心裡罵人……色情狂！

「可是我的鼻子好痛……」

「那你可以趴在我的背後，你就當成自己被我欺負了吧！」

「根本都是Ton哥賺到。」他依著建議，趴在對方寬厚的背上。儘管Ton哥不再一直剎車捉弄他，不過他的臉頰還是繼續貼在那一片寬厚的背肌上。

「我頭暈，暈車了……不想動，這筆帳我會算在你身上喔。」

「……非常樂意。」

暴風季的海風，似乎比第一次來的時候更加狂暴，而且上次明亮又熾熱的天空現在被一大片烏雲籠罩，好像隨時都會下雨一般。

但這次的同行跟上次相比，產生了許多變化。例如Ton哥變得會關心他了，走在大石頭上時還會幫忙扶著他的手臂。

Chonlathee不知道要聊什麼，兩人之間倏地陷入一陣沉默，最後他只好坐在曾經一起坐著看風景的地方。

同一個地方，同樣的人，只是關係變得不一樣了。

喀擦！

「你怎麼又偷拍我！」

「等一下會標註你的名字，然後動態就寫『Chon非單身，正和Tonhon處於一言難盡的關係』。」

「自作多情。」他嗆回去，但是看來大個兒完全不為所動。

Ton偷拍成功之後便坐下來，然後開口……。

「兩個人都想交往，這樣交往關係才算成立，所以分手的時候也要雙方都想分手，這樣才公平！」

「你終於承認你不公平啦？……我們在一起的時候，我愛你，但你卻不愛我。」

「誰說的？」

「我聽到你跟同學講電話，就是我踢到花盆那一天，你說『誰忘得了……Chon嗎？在一起了，不愛啊……』。」

「那為什麼不在當天就跟我說？幹嘛一直悶在心裡！這下子誤會可大了……我跟我同學說的『不愛』是說不愛Amp，但是我……我愛你！」

「我的錯？」他斜眼瞪回去，這句話的下半句涵義是……誰知道，因為你跑到陽臺躲起來講電話啊！

「不……是我的錯，我嘴巴壞，明明那麼愛你。搞不好當初在咖啡店碰到的時候我就喜歡上你了，那一天你穿著粉紅色上衣，頭上還戴著卡通髮夾。後來相處一陣子之後，我發現跟你互動的感覺愈來愈好，讓我好想一直跟你在一起，我想我已經罹患『不能沒有Chonlathee症候群』了。」

「那個叫美樂蒂。既然你認出我了，為什麼從來沒提過這件事？」

「我的錯？」Ton哥用同一個問句反問他，而且還故意挑眉挑釁，讓人看了就想把他推下山崖去餵魚。

「對，你當然有錯，你明明認出是我，結果居然還假裝沒看到我很娘的那一面，為了騙我愛上你，然後再傷我的心。」

「老子哪有想得那麼複雜……不對，是哥哪有想得那麼複雜。」

「好不自然。」Chonlathee笑了，他並不介意Ton哥又用回蘭甘亨大帝時代的代名詞（註）。他早已經習慣了……也可以理解成或許是因為涼爽的風太讓人放鬆，所以Ton哥才會自然而然地做回自己。而他……也忘了要假裝介意，一直用自然從容的態度和對方聊天。

「我想好好地用禮貌詞說話，也發現自己其實很愛你。可是我腦袋轉得慢……不管是認不出你、常常故意說我不愛你、不喜歡你、常常害你傷心……這些都是我的問題。我知道自己很糟糕，所以才想為了你，讓自己變得更好。」

「如果不把前女友的事情算進來的話，其實跟你在一起並不糟糕，你想怎麼叫自己就怎麼叫吧，我已經習慣你講goo／mueng了，偶爾講好聽一點的話也很好……等你想講

譯註：指用goo／mueng稱呼我／你。

再說。」

「我答應你我不會再跟Amp有所接觸了，要我發誓也可以。」

「那我要怎麼知道你是真的愛我，而不是因為看上我的美貌所以才來哄我……」他伸懶腰，發現Ton哥的銀色眉釘抖了一下，表情好像有點茫然，這才想到自己剛才居然不小心稱讚自己漂亮……。

談判的氛圍，浪漫的氛圍……全都毀了！

「我不知道……但我想如果我很愛你的話，你自然就會感受得到，就像之前我被你愛著的時候，我也感受得到一樣……對不起。」

「又說對不起，要不要乾脆別用說的，改成寫在一整包的A4紙上，到時候我再考慮要不要原諒你。」

Chonlathee開玩笑道，此時的涼風開始讓人有點昏昏欲睡。「雲層厚到連太陽都看不見，難得你找我來看夕陽……」

「能跟你一起坐在這裡看風景，我就心滿意足了。」

「是嗎？」

「我愛你，Chon……」

「好啦，我知道了。」他望著海平線回應道，然後讓一切陷入安靜的氛圍之中，讓時間緩慢地流逝。等到他轉頭注意身邊的人時，就看到有人已經環抱著胸口，點頭睡著了。

他忍不住失笑……看來Ton哥最近似乎有點睡眠不足。

他靠近以彆扭姿勢睡著的人身邊，用手抱住對方的肩膀，扶著Ton哥的頭倒在自己腿上，挪動一下大個兒的姿勢，讓那人能好好休息。

「再努力一點喔，讓我知道你真的愛我，而我對你真的很重要就夠了。」他稍微低頭，用鼻尖蹭了蹭Ton哥的額頭，直到睡在他腿上的大個兒皺起眉頭，好像是因睡得不好而稍微挪動、調整姿勢。

居然連睡覺的時候也可以生悶氣……真不愧是北鼻Ton哥啊！

清晨天將亮之際，落地窗震動了好幾下。早就已經睡醒的Chonlathee起身坐在床上，覺得自己好像出現了幻聽，不確定剛才的震動聲究竟是因為暴風雨的關係，還是因為大個兒又爬上來了。

雙腳踩踏在冰涼的地板上，他揉一揉眼睛之後，走到落地窗邊確認。

不是風，而是Ton哥……手裡還拿著資料夾。

「要回去了嗎？」他記得對方說過今天要回去小考，還答應他傍晚就會回來。

他會不會太無情了，居然讓Ton哥當天來回。

「你明天再回來吧，這樣當天開車來回很累耶，不然就等下禮拜我回去上課也可以。」

「不要，我想見你。」

「一個人睡得著嗎？」

「是還可以，但你知道的，我不喜歡自己一個人睡，我喜歡跟你一起睡。」

Ton的眼下有著明顯的黑眼圈，原本豐潤的帥臉，現在看起來變得有些削瘦。

「我知道，但是你應該想辦法去習慣。這麼早上來幹嘛？」

Ton把臉靠近，讓他不自覺地往後退一步，撲面而來的溫熱氣息像是一種危險訊號。

「先給你十張，剩下的四百九十張會陸續交。」對方一大早跑來的答案就在透明資料夾裡，他接過來後，不禁張大眼睛看著手上的東西。

一張張A4紙上排列著歪歪扭扭的「對不起」，上面的字跡潦草，說不上來到底是好看還是不好看。

看是看得懂，也勉強算得上整齊。

「我是開玩笑的……」

「但我是認真的……先走啦，傍晚見。」

「嗯。」Chonlathee只能擠出一個字，因為寫在紙上的東西讓他看呆了。

……Ton哥已經從陽臺往下跳了，過一會就聽到轎車引擎發動的聲音，接著逐漸遠去。

Chonlathee滿臉赤紅，臉頰冒起一陣又一陣的熱氣，因為他翻過A4紙後，發現另一面還有字。

跟正面寫的「對不起」不同，A4紙的背面，滿滿的都是「Ton愛Chonlathee」。

我投降了，親愛的，我真的投降了。

第 27 章

也不看看自己的臉長什麼樣。

恥力真高……。

這是他對眼前的人所下的評語。清晰的下顎線、堅挺的鼻梁，臉上還有眉釘、脣釘和耳環，黑夜般的漆黑眼珠看起來就不好惹，你說這種五官，真的適合穿上印著夢幻獨角獸的白色T恤，而且頭上還戴著兔耳髮箍嗎？

「……你是在嘲笑我？」Chonlathee站在房間外的陽臺上，用手摸著髮圈上和對方衣服上一樣的卡通造型獨角獸，看著大個兒好像很尷尬，非常不習慣這身打扮。

「呃……不是……因為Chon似乎很喜歡這隻獨角獸的樣子，所以我才想如果穿在身上的話，Chon會不會多喜歡我一些。」

「嗯哼……然後呢？」

「如果不喜歡，那我脫掉了。」Ton一臉失落，傍晚時分的橙色夕陽，讓帥氣的臉看起來更加落寞。

「不用啦，要不要進來，我懶得站著說話。」

「可以嗎！」

唉唷，你這隻大狗狗，才剛開口問要不要進來坐坐，尾巴就搖得那麼快！

「還是算了……」

「……」……大狗狗很失落，非常地失落。

「五分鐘後，你家門口見。我改變心意了，想去海邊走走。」Chonlathee嘆口氣，不知道是因為疲倦還是心軟，最終依舊選擇了退讓。

「我有東西要給你，其實昨天就想給了，只是沒來得及，回到家的時候，你一下就跑進房間裡了。」

「那就……一起帶著吧。」Chonlathee點頭之後便轉身回到房內，不疾不徐地換衣服，也不打算急忙地在五分鐘之內趕到約定地點……反正就在隔壁而已，怎樣都一定來得及。

粉紅凍奶色的金龜車將敞篷完全開啟，海風夾帶著鹹味吹撫著臉，Chonlathee閉上眼睛任由涼爽的風打在臉上，感覺非常舒服。

今天負責當司機的人是Ton哥，而選擇用他的車，只是因為很搭配Ton哥今天的衣服。

這是Ton哥自己提議的，看起來應該是準備要炫耀新衣服了吧！

不知道從什麼時候開始，他們都安靜下來不再說話。儘管現在兩人的關係還模糊不清，但是Ton哥的大手一直緊扣著自己的手，大拇指輕撫手背，像是在安撫自己一樣。

他認為他對兩人之間的關係很清楚，但Ton哥似乎還不太明白。

「我在Pantip上看到有人寫，想追一個人的時候，要等待最好的時間再表白，可是我想抱抱你……想回到以前那樣。」

「只是追我而已，就要上Pantip爬文喔？」

「唉，誰叫我笨……一開始我先上去找哄另一半的方法，後來你叫我追你，我又回去重新爬文。」Ton直截了當地回答。

Chonlathee實在不想承認，聽到大個兒剛才那樣罵自己，逗得他樂得都要笑出來了。

「那些都只是人家提出的建議而已，無論你是要哄還是追，用的都是心。而且像你這種不叫笨，這個叫蠢才對。」

「如果這個蠢蛋想求你交往的話，你會不會答應？」

「你認為自己對我夠好嗎？」

「每個人對『好』的標準都不同，這句話是你自己說的。」Ton哥用他以前說過的話來回應他，安靜一會後又繼續說道，「我是可以做得更好，但是如果你不給我機會的話，我就沒辦法表現給你看了。」

「我非要給你機會不可？」

「每個人都應該有改過自新的機會才對，哪怕一次也好。」

「你真的很固執……」

「因為我愛你。」

粉紅色金龜車突然轉向，繼續向前滑行一小段距離後便停下來。

「如果你願意給我機會的話，戴上之後跟著我來。」大個兒說完，便把一個絨布盒放在駕駛座上。

「如果我說不呢，你有什麼打算？」

「不知道，可能得回去重新想想辦法？如果你今天還是不願意的話，就直接把車開回去，我先冷靜一下再重新開始。」

「是什麼讓你這麼確定，就算不是今天，未來我也會說願意？」他問，看著大個兒翻過車窗跳出去。

好好的車門不開，居然用這種方式下車……不過跳車的姿勢滿酷的，這次就不計較了。

「因為你看我的眼神還是跟從前一樣。」說完那人便直直地走向沙灘，天色還沒有完全暗下來，讓他能夠清楚看見大個兒的身影。

不搭的獨角獸T恤被脫掉了，拖鞋被甩在沙灘上，接著渾身健壯肌肉的男人緩緩地走進海裡，讓一片深藍色慢慢吞噬他的身體。

一步一步地……。

最後車鑰匙終於被拔掉，Chonlathee不再盯著大個兒看了，因為他知道這一帶的水位並沒有很深，而且Ton哥游泳超強。對方之所以會走進海裡，應該是因為想要冷靜冷靜吧。

他正要跟著下車，但駕駛座上的絨布盒讓他停下了動作，拿起打開一看，兩枚純銀戒指在盒中反射著清透的光芒。

『戴上之後跟著我來。』

「那你自己怎麼不先戴上啦！這樣我不是還要拿過去給你嗎！」

小巧的雙唇露出一抹笑容，拿下眼鏡放到儀表板上。不得不稱讚一下Ton哥真的很會選停車的位置，既安靜又無人⋯⋯。

他把較小的那枚戒指戴在左手的無名指上，尺寸剛剛好，接著緊緊握住另一枚戒指，興奮地打開車門下車，把鞋子甩掉在另一雙拖鞋附近。

Chonlathee赤腳踩在柔軟的沙灘上，腳底的沙軟到讓人覺得癢癢的，他慢慢走進被海水浸潤而質地變得細膩的沙灘，讓曬了一整天太陽的海水緩緩淹到胸口。

「不要再走到更深的地方啦，我的腳會踩不到。」他對著轉身露出笑容張開雙臂迎接他的大個兒大喊，明明周遭的天色已經漸漸暗下來了，但是眼前的這個人看起來卻好亮。

指尖和指尖互相觸碰，下一秒他整個人被拉過去緊緊抱住。

「之所以會緊緊抱住你，是因為我的腳踩不到地喔，不是因為我沒有節操。醜話說在前頭，以後我不會再對你那麼寬容了！」雖然嘴上這麼說，但其實他的腳尖還能輕鬆踮在沙地上。細白的手臂緊緊抱住強壯的脖子，背後的力道更加用力，讓兩人更貼近彼此的心。

「Chon想怎麼樣都可以……只要回來和哥在一起，哥就心滿意足了。」

「如果你還敢回去找前女友，或有別人的話，我絕對會咬死你！還有請記住，我也是個大醋桶，如果不好好對待我，不珍惜我的話，我會把你切八段之後，再丟進海裡餵鯊魚！」

Ton笑著無視於脖子上被咬的疼痛感，任由懷裡的人在身上留下好幾塊齒痕。Chonlathee則咬得自己滿嘴都是海水，又苦又鹹的。

「哥愛Chon，哥哥愛Chon……」大個兒在耳邊小聲地說，溫熱的氣息吹得他全身酥軟。

Chonlathee心想，我也好想你，從看到你出現在房間陽臺時就想抱你了。

這也難怪……只要罪魁禍首真誠地安撫，再大的痛苦都能輕易地煙消雲散。

「我也愛哥。」

「我好想你……好想抱你，想碰碰你，想愛愛你。」

「等……等一下！不可以在這裡!!」他驚恐地大喊，試著想把臭Ton哥推開。看來大個兒真的超想他的，居然抱得死緊，完全沒有要鬆手的意思。

「為什麼……」

「我已經戴上戒指了。」他轉移話題，把另一枚戒指舉到面前給對方看，原本抱緊緊的雙臂終於稍微鬆開了一點，「你也先戴上戒指吧！」

「嗯。」

大個兒的語氣中帶有不悅，拿起素面的戒指套在無名指上，好像不怎麼重視這枚戒指的樣子。但是當手指被套上時，就代表兩人的關係被賦予了定義。

對戒……宣示主權的代表物。

不過他現在應該要先溜之大吉，因為臭Ton哥看起來已經精蟲衝腦啦！

「Chon，你要去哪？」

「Ton哥色慾薰心啦！」他面紅耳赤地大喊著，還被海水嗆了好幾口。

「對自己老婆色色的又沒有關係……一下子就好，親一下就放你回去！」

「你確定？」他停止掙扎，讓身體被大手翻過去面對面，帶著黑色脣釘的嘴角上揚呈現邪惡的角度，下一秒便將整個脣瓣貼到他的嘴脣上。

「我也不知道，但是我滿想在海裡試試看的。」鹹中帶甜的味道離開了嘴邊，他被吻得眼神迷茫暈頭轉向，當腳底板漂離沙地時，他感覺到Ton哥的那裡變硬了。

「我……我什麼我啦！」

「『我』指的是『哥和Chon』。」

「我並不想試好嗎！」Chonlathee拒絕得一點也不堅決，兩人在深色的海水裡拉拉扯扯的。

「機會是用來把握的，說不定以後我就沒有這種機會了。」

「想吃掉我的時候就變聰明囉！之前挨罵的時候怎麼都沒見你這麼聰明。」Chonlathee嘴上酸得剛剛好，但身體卻力不從心，在對方的強烈攻勢之下變得渾身無力。Ton用摩擦、撫摸、眼神命令他投降，還帶著無止盡的愛和慾望。

「挨罵的時候要裝可憐啊，這樣子才可以讓Chon憐憫我。」

「所以你一臉落寞的表情，其實是騙我的？」

「不是啦，那時候我是真的笨，可能是基因遺傳吧。在家裡的時候，每次都是我爸被我媽罵，但他們還是很相愛，就像哥和Chon這樣。」

「我跟你怎麼樣？」

「相愛啊。」大個兒一邊說著，一邊趁他不注意的時候帶他往更深的地方走去，直到原本還踩得到沙地的腳尖突然漂起。

卑鄙！自己踩得到，可是我又踩不到！

「喜歡嗎？」

「什麼？」Chonlathee壓著寬厚的肩膀，把自己的身體往上撐，在被海水沾濕的臉頰上深深一吻，緊緊地抱著，直到每一個毛細孔都貼在一起。

「戒指。」

「喜歡，你自己選的嗎？怎麼會知道我的尺寸？」

「睡覺的時候偷偷量的。」

「什麼時候？」Chonlathee疑惑地皺眉，然後臉色突然變了，因為水底下的那隻手開始撫摸他的屁股，甚至用力地揉捏。

有點痛，有點癢，他用力地瞪著對方，試圖用眼神阻止對方的動作。

「在Chon睡著的時候。知道嗎？我真的很想占有你，這枚戒指就是用來宣示主權的，所以你千萬不能摘下來！」

「好……你也滿浪漫的嘛。」

「愛上對方的時候，自然就會想出各種方法……至於愛Chon的方法，我會更努力表現的。」

Ton哥扳起他的下巴，讓他的視線對上與海水同色的眼眸。

他好迷戀眼前的人，神魂都彷彿被捲進那一雙眼眸之中，柔軟的脣瓣吮吸著他的嘴脣，嘴角的金屬物不斷地摩擦著他。

舌尖的鹹味倒是不成問題，互相交換唾液一會之後，嘴裡就漸漸開始變甜起來。

這次的吻少了以往都會有的尼古丁味，而且海水的氣味反倒讓彼此的體味變得更加清晰。

「啊！嗯哼……」

Ton藏在紅脣底下的牙齒輕咬著Chonlathee的下脣，而水下的進攻逐漸變得愈來愈深入。他將指尖探入褲子內，劃過窄道的入口，Chonlathee甚至能感覺到戒指平滑的金屬觸感……。

「Ton哥……」他忍不住呻吟，臉上熱燙通紅，正在隱密入口游移的指尖不知會在第幾秒攻打進來。

好緊張……但他沒想到的是，Ton哥心跳加速的節奏居然和自己相同，儘管很快就被海浪的聲音掩蓋過去。

「這裡不好。」

「你也知道嘛！」

「我可以先放開你，但是今晚要睡我家。」

「……好。」他羞紅著臉點頭答應，感覺到邪惡的指尖慢慢離去，只剩下綻放著光芒的深色眼眸。Ton哥一把就將他抬到肩上，直直地走向停車處。

濕透的衣服互相拍打發出惱人的聲響，當兩人走進Ton的大院宅時，就等於踏入了私人的領域，於是那些惱人的濕漉漉感立刻被脫下，只剩下赤裸裸的胴體。

熾熱的觸感激烈地撫遍彼此的全身，雙脣激吻吞噬著對方，Ton狼吞虎嚥似地品嘗著柔嫩白皙的頸部，接著沿著肩頸線條一路下滑到胸部，吮吸的啾啾聲響遍整個空間。

Chonlathee坐在浴室的洗手台上，全身的皮膚泛紅，呼吸急促地將一團深色髮絲推離自己的胯下。

蓮蓬頭灑水的聲音不斷，似乎一直開著，兩人身上的海水味都已經被沖淡了，只剩下唾液和黏稠的液體，撫摸時還帶有黏膩感。

但又不覺得噁心。

「Ton哥……那……那裡……很……」

Ton嘴角的金屬環再一次觸碰到最敏感的部位，Chonlathee看著自己的命根緩緩地被吞入，而下方的兩顆圓球則被對方撥弄著。

這太超過了，Ton哥可能會害他在下一秒突然缺氧，呼吸不過來。

聽起來像哭聲的呻吟再度響起，因為包裹著他的柔軟雙脣開始加快了節奏。Chonlathee沒有呼喚對方的名字，此刻他的大腦裡一片模糊，光是顧著讓自己的呼吸跟上被引導的節奏，就足以讓他用盡全力。

終於……堆積的快感達到顛峰，隨著身體抽搐的同時射出了大量滾燙的熱液。

白濁液體從對方的嘴角緩緩流下，被鮮紅的舌頭舔了回去，一點也沒有嫌惡的反應。

Chonlathee渾身發燙，原本大開的雙腿慢慢併攏，試圖藏起依然堅挺的熱柱。

「害羞什麼。」

「不准看……」他用雙手遮住臉，蜷曲身體試圖掩飾剛才的高潮，即使心裡知道這麼做沒什麼用。

Ton哥就像壓抑了好久，那雙犀利的眼睛一直盯著他，總是讓人無法卸下防備。

「在我面前不用害羞。」

「誰叫你一直看我啦！」他回嘴瞪著對方，接著馬上就被捉弄。

Ton故意抓住他的腳踝，抬高到幾乎貼在胸前的位置，讓那個隱密的部位在眼前一覽無遺，給了濕潤手指鑽入的好機會。

「痛……」

因為大個兒沒有使用潤滑液的關係，讓進入的過程不太順利。但是當Ton看到水汪汪的大眼睛因為痛苦和幸福參半，而落下斗大的淚珠時，便拿起專為這種時候準備的潤滑液，抹在仍在外面的手指根部，讓接下來的進入動作變得順暢許多。

不像第一次的時候還會預告說明，Chonlathee在完全沒有心理準備之下，接受了第二根和第三根手指，整個通道又疼又脹。

他再次感受到戒指的金屬平滑感滑過通道的入口，而大腦已經被刺激到陷入迷茫的狀態，只能清楚地感知著每一個細節。

「要進去囉……」Ton說了開始插入手指之後的第一句話，剛才一直都不說話，Chonlathee還以為他變啞巴了。

「我還以為你變啞巴了……嗚，慢……慢點……」嬌小的手掌抓住結實的大腿。由於Ton的臀部比洗手台高，只好稍微蹲下去一些，再慢慢地將硬如鋼鐵般的火柱送進去。

挺進的速度很緩慢，但身下的人卻緊到讓他差一點忘了怎麼呼吸。

「嗚！」Ton進來之後，Chonlathee感覺身體內被填得滿滿的，而當對方抱起他來面對面時，那種感覺簡直是滿脹到快要炸開一樣。

「啊、啊……嗚……」大個兒抱著他邊走邊抽動，先走去關掉水龍頭，再抱著他走出來，上樓梯。

他嘴裡不時地發出呻吟聲，直到被放到床上後才暫且停下……。

以為可以休息很久嗎……才怪，他才剛剛被放到床上，Ton哥便立刻開始猛力撞擊。

結束第一回合後，又接著馬上展開第二回合。不過這次有讓他換一下姿勢，變成臉朝下趴在床上。

他還沒準備好迎接火柱再一次的進攻，於是掙扎著往前爬。前一回合的熱液還停留在體內，他的皮膚刺痛，爬起來的時候腰腿無力到幾乎是拖著。

Ton哥真的太超過了，尤其是把他的手壓在床頭上的動作。

「太過分了啦，嗚……」

「你在說什麼？」Ton的聲音沙啞，接著用身體繼續猛攻。先前的熱液讓通道有足夠的潤滑，足以讓火柱一鼓作氣直插到底。

Chonlathee的手背被強而有力的十指緊緊扣住，背後滿滿一整片都是親吻、吮吸、輕咬的瘀痕，大個兒用力地留下任性的痕跡，蓋上自己專屬的印章。

太……太激烈……了……啦……。

鏗碰！

他忘了說，床頭是木做的，現在整片斷了，往後掉在地上。

被Ton哥親手弄壞的……。

真是名符其實的無敵破壞王。

「這就是你太過分的證據……」

「哪是，是我最近剛好想要換床。」

Chonlathee弓著背跪在床上的姿勢因為受到驚嚇而定格，接著突然被翻到正面仰躺在床上。Ton壓根就不在乎自己毀滅式性愛所造成的結果，因為大個兒現在唯一在乎的……只有他，Chonlathee。

那個即將因為被愛得太激烈而快死掉的小傢伙……。

第28章

我哥把我搞得好慘⋯⋯太慘烈了啊！

Chonlathee現在只能用一行文字發洩自己的遭遇，房間又一次像炸彈炸過一樣慘不忍睹，他幾乎已經爬不起來了，即便如此還是勉強讓自己坐起來。

遮掩裸體的柔軟棉被從身上滑落，雖然他已經洗過澡了，但由於昨天衣服全都濕了，Ton便趁機以此為藉口不許他穿衣服睡覺。

明明他也穿得下臭Ton哥的衣服，根本就是故意不讓他穿吧⋯⋯？

抓起滑落的棉被再次蓋上，揉眼一看時間，已經下午一點多了。至於那個無敵破壞王早在二十分鐘前就起床了，還留下令人擔憂的話，說是要去煮稀飯給他吃。

Chonlathee甚至懷疑，Ton哥是不是想換新男友，不然怎麼會突然有興致下廚煮飯呢？

突然想到自己好像應該扮演一下賢妻的角色，下樓去幫忙老公煮飯才對，Chonlathee便用棉被包裹身體，虛弱地走下樓去。

他走下樓梯到達一樓之後，湯頭的香味撲鼻而來，眼前出現一道上半身赤裸的壯碩背影，正皺著眉頭站在瓦斯爐前，雙手插腰，臉上盡是氣沖沖的表情。

「Ton哥是在跟鍋子吵架嗎？」

「為什麼不先穿好衣服再下來！」大個兒這麼責備不是因為不喜歡，那一雙盯著Chonlathee看的犀利眼神裡，根本藏不住歡喜之意。

「因為我不知道有哪些衣服可以穿嘛。」

「想不想在廚房⋯⋯」Ton嘴上故意揶揄著，之後便側身讓開，讓他探頭看看鍋子裡的內容物。不過手仍然不安分，一看到他靠近便用力環抱住腰部。

「等年底我應該發一張獎狀給你，恭喜榮獲最佳地點開發獎。」

「⋯⋯這我應該很強！」⋯⋯你看看，Ton哥哪有在謙虛的。

「好香喔。」他迅速轉移話題，同時用大湯匙舀起清湯品嘗，「好吃耶⋯⋯」

「人總要學會進步吧？第一次失手叫做學經驗，一再地重複失手就是笨到沒藥醫。」

「這是親身體驗？」

「嗯，我把你的衣服送洗了，等一下應該會送來⋯⋯先穿我的衣服吧，不然這樣拖著棉被走路會滑倒的。」Ton眼看他想幫忙顧湯，便走去拿起原本隨手亂丟在旁邊的大尺寸T恤，丟在他頭上。

「褲子呢？」

「T恤這麼大件，蓋住全身沒問題！」

「？」

「穿上。」

「？」

「快點穿……我想看看是不是真的很誘人。」

「哼！」他無奈地笑，果然猜得沒錯，「你什麼時候看過我誘惑你了？」

Chonlathee把T恤從頭上套過，再把原本裹住身體的棉被拉到腰部，故意露出一點胸部，全身上下到處都是對方留下的齒痕和瘀青等烙印。

Ton吞了吞口水，上下滑動的喉結很吸引目光。

「什麼時候呢……」

最後整條棉被滑落到地上，Chonlathee拉下衣襬遮住腿部，這邊也被烙印了，而且還有許多凹凸不平的齒痕。

他說過啦，臭Ton哥簡直就是無敵破壞王，但是就連這種瘋狂也擄獲了他的心。

「剛才……現在也是。」

「這一鍋稀飯讓我來煮吧，Ton哥把棉被拿到樓上放好，收拾好東西之後就下來準備吃飯！」他露出自己最美的笑容給心愛的男人，然後俐落地拿起廚具與食材。

「好……好……」Ton應答，彎腰撿起掉在地上的棉被。

你以為大個兒會乖乖直接上樓嗎？才不會。才剛應答完而已，他就突然抓住Chonlathee的手臂，用棉被裹住兩人，一起躲在溫暖的棉被裡。兩具身體一直相互摩擦，愈來愈熾熱，讓棉被內的溫度漸漸升高。

「別一直誘惑我，Chon。」

「我喜歡你像這樣……抓狂……」

「但遭殃的會是你。」

「你擔心我喔？」他的眼神帶有一絲挑釁，任由Ton哥抱著他，將熾熱的吻印在他脣上。

兩人互相交換唾液許久，才終於放開對方的嘴脣。

「現在先不做，但是別以為你逃得過我的手掌心。」

「還好我還有呼吸自由空氣的時間。那Ton哥什麼時候要回宿舍呢？」他突然想起這件事，小手輕輕地撫摸著結實肌肉一邊問道。

「今晚吧，明天早上有課，Chon呢，你想要什麼時候回去？」

「跟你一起吧，我懶得自己開車。」

「我打算去找Nam阿姨聊聊……關於我們的事，其實前幾天我已經講一些了，跟她坦承說我愛你。」

「我媽早就知道我喜歡你了。」

「但是我想要正式一點，我可是很認真的，好歹也是Nam阿姨打電話告訴我你跑回家了，叫我過來找你……而且還允許我爬陽臺。」Ton說話的神情很認真，此時男子氣概瞬間翻了數倍。

「……是我跟我媽說，叫她打給你的。因為Nai哥傳

LINE跟我說你到處在找我，不過陽臺的事就不關我的事了。」

「Chon……」

「我就說吧，我沒有你想像的那麼單純，你逃不出我的手掌心的，而且……拿棉被上去收啦，熱死了。」他舉起雙手推開包裹住他的棉被，給大個兒一個微笑之後便轉身繼續顧鍋子裡滾燙的熱湯。

忽然屁股被打了一巴掌，嚇了他一大跳。

刺痛麻癢的感覺傳來，他立刻轉頭瞪那個出手打他的傢伙。

「幹嘛打我啦！」

「你這個心機鬼。」

「如果我不耍心機，有辦法搞定你嗎？」他擺著臭臉，瞪著把他拉過去抱住的大個兒，一口白牙咬在胸口的船錨刺青上，輕輕舔舐著淡棕色的乳尖……。

「看來沒辦法吃早餐了。」

「那就先關火……」他伸手關掉瓦斯，揚眉露出挑釁的表情……。

那就試看看吧，究竟Ton哥和他之間，誰可以玩得比較狠。

Ton哥幫他送洗的那一套衣服，在一個小時後被掛在大門柵欄上，Ton哥出去幫他拿進來更換，接著收拾東西準備回曼谷。

但是在回去之前，他和Ton哥兩人一起坐在他家偌大的客廳裡，媽媽坐在對面托著下巴，一臉嚴肅地準備拷問這兩人。

「所以是Chon先告白，但是是Ton開口要求交往的？」

「是的。」Ton哥回答，放在桌子底下的手掌緊緊握著他。

「現在同居？」媽媽問到這一題時，神情變得更加嚴厲，手掌握住他的力道更加重了。

「是的……我想照顧小Chon。」

Ton哥叫他小Chon……。

「關於誰照顧誰的事，媽是沒什麼意見啦，畢竟Chon喜歡你很久了，如果兩個人住在一起，心意相通當然是好事……但以後不會再吵成這樣了吧？」

「我答應您，絕對不會再讓小Chon傷心……不過有些小小摩擦也在所難免，小Chon很可愛，有許多愛慕者，而我也是一個大醋桶。」

媽媽點點頭，用手擋在嘴邊不讓Ton哥看見，用唇語問他……。

吃起醋來激不激烈？

……Chonlathee頻頻點頭表示妳答對了。

Ton哥吃起醋來非常激烈，激烈到剛才跟媽媽談話之前，先上去他房間把那一堆「別人」送的花束和禮物通通裝進一個大垃圾袋裡，然後叫家裡的佣人拿出去捐了，只留下自己的縷絲花，仔細地裝進花瓶中。

「Nam阿姨同意我們交往嗎？」眼看媽媽笑著不說話，身旁低沉的聲音便開口確認道。Ton哥一臉靜默，表情嚴肅得好像如果說不同意的話，就會咬斷媽媽的脖子似的。不過握著他的手掌已經被汗浸濕了，很明顯其實大個兒只是緊張而已。

「如果阿姨不同意的話，根本就不會讓你爬上陽臺。Ton已經把跟Chon交往的事情告訴Tai了嗎？」

「還沒有，不過我媽媽應該不會有意見。」

「那麼阿姨就讓你自己去說喔。」

「是，下星期我想帶小Chon回家一趟，這幾天剛好我爸媽出國，我可能會先打電話去報備一聲。」

「就照你的意思吧，順便幫我跟Tai說，恭喜她獲得最新款的包包。」

「？」

「你媽跟你爸打賭，賭你會不會喜歡Chon。」

「？？」

「應該不用告訴你誰賭什麼，而誰賭贏了吧？」

Ton哥鬆開握住他的手，緩緩地眨眼，試著把這幾件事連貫起來。

「我爸媽已經知道了？」

「還沒，之前他們就開了預測賭局，其實所有人都看得出來Ton喜歡Chon，就連你爸爸也這麼說，但是被Tai強迫投反對票。」

「怎麼好像最後知道的人，反而是我自己。」Ton哥皺緊眉頭，明顯看得出來整張臉都垮了。

「Ton啊，不管先知先覺或後知後覺都不重要，現在的結果是你們在一起了，今後的生活才是最重要的，現在我把Chon交給你照顧，希望你會好好對待我兒子。」

「是，我答應您，我會好好愛他、照顧他的！」Ton以堅定的態度許下承諾，犀利的雙眼毫不逃避地迎著媽媽盯著他看的視線，表現出十足的誠意。至於現在最心滿意足的人，莫過於Chonlathee囉……。

「以前我媽媽說過，外公很想跟你們家結成親家，但是後來生出的小孩是我媽媽，而Tai姨也是女生，所以就結不成了。」

Lexus轎車行駛在道路上，一道清爽的聲音訴說著家裡的往事，同時拿起巧克力棒起來啃。他們離開自然風景已經很遠了，現在車外的天色逐漸暗下，僅靠著車頭燈和路燈清楚地照亮眼前這條筆直的高速公路。

「恭喜你外公的願望終於成真。」

「或許吧。」他並不否認，把巧克力棒遞到Ton哥嘴邊，直到碰到黑色的唇釘時，Ton哥才咬了一小口。

「好甜喔，只吃零食，難怪都長不高。」

「我這種身高難道不可愛？每個人都說我可愛，只有你……都不說我可愛。」

「我又不是那種嘴甜的人……但是你很可愛，漂亮，可愛，漂亮，好漂亮，然後又很可愛。」Ton哥帶著節奏說，說完之後還自己笑了出來。

「你是不是故意調侃我？」他自己也笑出來了。

「不，我是說真的。」

「吶，下星期我要比賽了，哥打算送我幾朵花？」

「一朵都不送。」

「喂……怎麼這樣啦！」Chonlathee氣噗噗地抗議，轉過身看某人帥氣的側臉，才發現對方正在笑！

「我不喜歡跟別人一樣，我說過啦，我不是你的粉絲團（fan club），而是你的男朋友（fan krub），活動上的花買來之後又要被他們收回去。」

「那你會不會去看我比賽？」

「能不去嗎！我已經想好要站在你前面幫你接收花了，如果對方是女生，我就讓你親自收，但如果是男生，我會替你收，這個計畫怎麼樣？不錯吧？」Ton哥在嘴裡俏皮地彈舌，看來對於自己的防衛計畫驕傲得不行。

原本Ton哥說不會送花的時候，還害他心裡悶悶不樂的，但是聽到後面這一段後……他快笑死了。

「你真的很……很Ton哥耶！」

「因為我就是一個大醋桶。」

「好啦……Ton哥，明天晚上我要去跟Gam睡喔，我們早就約好的。Gam是我的好姐妹，上一次搬出去時就是先跑去她宿舍暫住一晚。」

「你要讓我一個人睡？」

「一個晚上而已……拜託啦～～」Chonlathee水汪汪的大眼睛眨啊眨，努力使出撒嬌的功力，甚至加碼在寬厚的肩頭上磨蹭。

「那對我有什麼好處？」

「你已經得到全部了啊，我的一切早就毫無保留了，不管是身體或心，已經一點都不剩了。」他自己說著說著就害羞起來，連Ton也在黑暗裡偷偷臉紅了。

「話都說到這個地步了，我還能說什麼，但是你要隨身攜帶手機，萬一我要找你的話。」

「好的，北鼻Ton哥人最好了……可以叫你『比鼻』嗎？」

「Babe？難道你是指那一部電影《我不笨，所以我有話說》？小豬寶貝？」

到底是誰比較笨？Ton哥究竟是真的聽不懂，還是故意裝作聽不懂？居然以為是某部電影裡的孤兒小豬。

「比鼻，就是北鼻啊！就像Nai哥叫Ai哥『老公』一樣，情侶之間的小暱稱。」

「比鼻……」

「對！」他開心地拉長音，「Chonlathee的比鼻！」

「害我臉都熱起來了。」Ton哥一手放開方向盤，握住他戴戒指的手，大拇指輕輕地撫著說，「哥愛你，Chon。」

「你最近很常說這句話喔。」嘴上調侃歸調侃，但是語氣裡滿滿是藏不住的甜蜜。

他們的手扣得更緊密了，Chonlathee注意到兩人的戒指正好靠在一起，便拿起手機拍照留念。

車外的橘色路燈照進車內，讓昏暗的畫面增添了一股暖意。

「這樣你才不會以為我不愛你，又離我而去。我愛你愛到不行，要是能把你吞進肚子裡的話，我一定一口把你整個人都吞進去。」

「我知道了啦……Ton哥，我要貼放閃照囉。」

「剛才拍的那張？」

「嗯，還要標註你，寫什麼好呢？」

「全心全意愛Ton哥！Ton哥是大帥哥！」Ton用假音提供建議，一瞬間車上的浪漫氣氛……全毀。

「那太糟糕了。」

「和Tonhon穩定交往中，最後再用愛心貼圖，就這樣！」Ton鬆開手，把放在前面的手機遞給他。「密碼就是我的學號，幫我設定穩定交往。」

「我不會設定，我沒有跟誰交往過。」聽到Ton告訴他手機密碼時，Chonlathee不禁大吃一驚，有人說如果男生告訴你手機密碼的話，表示這個人對你是真心的，沒有祕密……。

Ton哥給他密碼，是想表達自己的真心吧？哥你好可愛唷！

「不然你先貼照片，晚一點我再來設定『和我的比鼻穩定交往中』。」

「到底是誰害誰臉紅，Ton哥都沒發現自己很會撩人嗎……？」

「你是逃不出我的五指山的！Chon！」

……很會嘛。

「我就是打算永遠和你賴在一起。」剛才鬆開的那隻手又再一次回來與他緊扣，Ton趁著停車時用另一隻空著的手操作手機，張貼剛才雙手緊扣的照片。

「和我的比鼻穩定交往中」

那就不標註任何人吧……網紅名媛都是這樣玩的。

但網路上的一群好奇寶寶並沒有猜得太久，因為當晚就有人急著更新個資，大聲宣布和Chonlathee一起戴對戒的另一隻手，究竟屬於誰……。

第29章

「一點都看不出來是我家小Ton的手呢！根本就認不出是我兄弟的手腕呢!!」

Nai在工學院大樓一樓的地板上盤腿坐著，身體靠在旁邊的Aiyares身上，兩人一起看著手機上Chonlathee昨晚張貼的照片。

這個人就是非常喜歡當面調侃別人，而且姿勢還很可愛，一邊蹭著老公一邊調侃好友。

Chonlathee心想，假如他學Nai哥這種動作的話，會有人敢調侃他嗎？我也好想蹭蹭老公唷，可惜臉皮實在不夠厚……。

「我調侃的是Ton喔！跟Chon沒有關係。」Nai哥發現他走過去時便揮揮手，嘴巴上否認，但是小眼睛裡卻閃爍著光芒。

「New lover，一張照片，震撼全校。」坐在Nai哥旁邊的Naai哥突然開口，手上還拿著課外書。

他害羞地抓了抓後頸，走到Ton哥身旁交還車鑰匙。今天Ton哥比他晚下課，所以車留給他先用，兩人開同一輛車，更間接證實了昨晚那張照片底下所宣布的交往關係。

「過來坐吧。」

「Chon，Ton拍的是大腿喔，不是地板，要坐對位置喲～～」一樣又是Nai哥，然後一樣又是Ai哥出手摀住對方的嘴。

「你害Chon臉紅了。」

「我喜歡嘛，Ai，你不懂我啦！」

「不懂什麼？」

「能讓我這個大三生活得稍微快樂一點的事情不多了啦，一是你由著我任性，二是捉弄Ton讓他露出愚蠢的表情，三是Naai借我抄功課，最後第四項，是老婆開罵的時候，如果有Intha老師為我唸慈心經的話，我會感激涕零的。」

Chonlathee在Ton旁邊坐下，視線飄向In哥的方向拚命憋笑。如果以外人的角度來看Ton哥這一群好友，他們的顏值好比是男偶像團體，但如果坐在圈子裡聽他們對話，就會發現他們簡直是天線寶寶大集合。

「媽的！我老婆又不像Chon的脾氣這麼好！」In哥爆完粗口後對他笑笑，然後低頭繼續打手遊。

「你要走啦？」Ton哥靠過來摟著他的腰，鼻尖壓在他的頭髮裡，完全不避諱人來人往的眼光。

「嗯，去Gam宿舍開車會超塞的。」

「你確定讓我送到捷運站就好？」

「嗯。」

「你確定……」Ton哥再問一次，用眼神逼迫他。他看得出來Ton哥想直接載他到Gam的宿舍，但是以那條路線的交通狀況來看，搞不好開到午夜都還到不了。

「我確定啦，Ton哥，等我打視訊跟你報備吧！」

「隨便你。」Ton哥點頭第一百零一次同意，這件事他們已經吵好久了，但最後Ton哥還是依著他。

大個兒作勢要站起來，但是先被他拉住。

「我先去上個廁所……我可以自己去，你不用陪我。」他在對方開口前就先說。不得不提一下，自從從大院宅回來之後，臭Ton哥的行為舉止就產生了大大的改變，對他好得可說是無微不至。

「快去快回！」Ton哥只說了這句，然後視線一直盯著他看，直到他消失在牆後為止。

鎖上廁所門，這裡足夠安靜讓他可以好好專心思考。Chonlathee蓋上馬桶蓋之後坐著，拿出手機打算傳訊息給某個人。

……打開某個聊天紀錄，最後傳來的是世紀之吻的影片，每次看到總是讓他的心很痛。

Amp姊那個女人！

「今晚要不要見個面？」傳這則私訊讓他心中感覺不太踏實，他真的很不喜歡用這種方法，但如果不把話說清楚的話，這根刺只會一直在他心裡。

「我有話想跟妳談談，是關於Ton哥。」

「約哪？」Amp姊回訊了，直接問見面的地點，應該可以理解為對方同意見面。

「×××餐廳。」

「Ton會去嗎？」

「不，只有我和妳。」

喔！還有Gam，但他決定先隱藏好友的存在不提。Gam是個擁有超強戰力的女生，帶她一起去絕對不會吃虧。

「好。」

「晚上八點，到時候見。」

「到時見……」

讀完最後一則訊息之後他就刪掉整串對話紀錄，把手機放回褲子口袋裡……開始倒數晚上八點的約定時間。

「Ton哥，我手機沒電了，現在跟Gam出來吃飯，有事找我的話可以打到這支手機，等我回到Gam宿舍之後就馬上充電，到時候打給你喔！」

這段謊言是在他走進和Amp姊約好的餐廳時傳出去的，Gam走在他旁邊，嘴上抹著淡色的脣蜜，已經決定好了要扮演拯救他的天使角色。

當Gam聽他敘述了整件事情的始末之後，整個人比他這個當事人還要抓狂，還罵他就是太溫和了，面對Amp姊這種女人就是要下重手，以後才不會又來惹事生非。

完了……原本還想說要和平談判的，一切都沒了。

Gam說，不賞她個巴掌的話，這齣爛劇永遠不會結束……現在的女生怎麼都這麼恐怖！

噢不過……Dada除外。

「喔，這樣……那吃完回宿舍之後，要趕快打給我！」他一直鑽牛角尖胡思亂想的，直到聽見Ton哥無精打采的聲音，才又回過神來。

「好啦……Ton哥，想你喔！」

「嗯，我也想你。」

「我愛你。」

「哥也愛Chon，跟朋友去玩吧，別忘了打給我。」

「好，知道了。」他發現Gam的臉色有點臭，便掛斷電話，將手機還給她。接著清脆尖銳的聲音便立刻開口道……。

「真受不了熱戀的味道。」

「拜託妳不要虧我啦。」

「Chon你也滿厲害的嘛，終於！」

「終於什麼？」

「終於得到Ton哥這個老公啊。」

「……那是當然，誰叫我這麼美。」他用手指撥開瀏海，對著Gam單邊挑眉。

兩人坐到稍早打電話訂好的位置上，約好的時間逐漸逼近，再過幾分鐘Amp姊就要出現了。

並沒有等太久，高挑標緻的身影便朝他們走來，高跟鞋的聲音依然是她的標配，臉上的妝容相當精緻，非常好看……。

「Chon，Ton哥的前女友就是她嗎？本人沒有照片裡那麼漂亮嘛！」

「很漂亮啊……」

「妝化得這麼厚，看起來就不舒服。女人啊若要好看，就要像我們這樣化裸妝，展現清透般的好膚質，這樣才怎麼看都看不膩。」

「是誰給妳的自信？」Amp姊愈走愈近，兩人降低音量悄悄地交頭接耳，還要裝作一副嚴肅的模樣，不想讓對方發現他們其實在聊一些沒營養的東西。

「我剛繳了MADE膠原蛋白護膚課程費，花錢買到的自信，難道你敢說我不漂亮？皮膚不晶瑩剔透？」

「妳好漂亮～～妳好晶瑩剔透～～」Chonlathee還是忍不住壓低聲音動動嘴巴，稱讚完之後Gam露出心滿意足的表情，轉頭看著剛赴約的人。

拉動椅子的聲音明顯是用扯的，接著擁有傲人身材的人便一屁股坐在椅子上。

「你們怎麼還不分手？」

……一開口就這麼臭，他開始同意Gam的看法了，看來若不賞個巴掌的話，爛劇不會這麼容易結束。

「還沒，我們比以前更相愛了喔！」

「我不是叫你把Ton還給我嗎！那種男人根本不適合你。」

「我放手了啊，是他自己不走的。」Chonlathee用自認為最討人厭的姿態環抱胸口，然後繼續說道，「再說學姐憑什麼決定適不適合？」

「我跟Ton在一起七年，最了解他了。像你這種軟綿綿的個性，完全沒辦法忍受他那種暴躁的脾氣。」

「我也沒有忍受啊，我們非常自然地相處，再說多虧了我這種個性，現在Ton哥的脾氣穩定多囉！」

「像Ton那種人？脾氣穩定？哼！」Amp從鼻子哼了一聲，就連原本被他要求在旁邊安靜坐著就好的Gam，都氣到手發抖。

「他真的冷靜了很多，不過我倒是想問問學姐，明明是妳先拋棄Ton哥的，為什麼又想討回去呢？」

「……」Amp姊突然沉默，漂亮的大眼睛惡狠狠地盯著他。

「其實學姐並不愛Ton哥，只是好勝心作祟而已。所以拜託妳放過他吧，也放過妳自己，一直想贏來贏去的話，妳一輩子都不會幸福。」

「少在那邊給我說教！」

「不，我只是說出事實而已。」

「你們才剛交往不久，熱戀期本來就會甜蜜啦，我就等著看你們分手的好戲！」

「好啊，我也想看看……學姐，你知道Ton哥比較喜歡喝茶，還是咖啡嗎？」他揚起嘴角，看著Amp姊開始氣得火冒三丈。

情緒管理能力極差的人，一點都不可怕。

「咖啡。」

「錯，兩個都不喜歡，他最喜歡黑可可。」

「你怎麼知道……？」

「有些靠觀察，有些直接問他。我會關心他，寵他寵到讓他完全忘記學姐……你們在一起那麼多年，連這麼簡單的問題都不曉得？」

「Chonlathee！」激將法奏效了，因為Amp姊突然拍桌發出巨大聲響，還咬牙喊他的名字。

「威士忌和啤酒，妳認為Ton哥比較喜歡哪個？」

「……」Amp姊不說話，雙脣緊閉。

「妳不知道？」

「……」依舊保持緘默。

「連這些妳都回答不出來，卻還有信心能把Ton哥搶回去，聽起來倒是滿好笑的。」

「我們的性事很合拍。」Amp姊開口說道，紅脣露出不可一世的笑容，害他氣得雙手抓緊大腿。「像你這麼軟綿綿，一定承受不住吧？」

「我也不清楚，不過Ton哥每晚都喊著我的名字到天亮……這家餐廳的空調好熱喔。」他拉著襯衫衣領，解開最上面的第一顆鈕扣，搧動衣服讓對方看到脖子上的玫瑰色草莓。

憑什麼說他軟綿綿的承受不住，Amp姊什麼都不知道，他每晚都嘛拚了老命在打仗。

「哇喔！Ton哥好凶，居然還有齒痕！我的天啊～～」Gam大聲尖叫，完全忘記原本講好的天使人設……這會正激動地摀住嘴巴，興奮得一直打他。

不是說要打Amp姊嗎，現在打的可是他的肉啊！

「Gam！」

「Ton哥在床上是不是很激情？從你們的體型差距來看，我覺得一定很凶猛！」

「Gam……」

「哇～～想到六塊腹肌就流口水，我家閨蜜挑對老公了，害我好想躲在你們床底下偷看唷！」

碰！

Amp用包包拍桌迅速站起身，不過可能鞋跟太高，一度有些站不穩差一點摔倒，幸好及時撐住桌子才沒有當眾出糗。

「我走了！」

「我還沒聊完。」

「還有什麼好聊的？」

「我就直接說了，請妳別再纏著Ton哥。」

「如果我不想理你，你又能奈我何？」

「我是不能怎麼樣，只是想說妳做的只是無用功，白費力氣。」

「哼！」Amp再次從喉嚨裡發出笑聲，抓起桌上的包包之後就甩頭離去。

人走得愈來愈遠……卻留下了一個謎團。

他轉頭問Gam。「所以她會停手嗎？」

「不知道耶，可是你都這樣說了，不管是前女友還是哪來的狐狸精，都不能做什麼了吧？那麼深的齒痕。」

「說真的，我剛才講的時候超沒信心……」

「不會呀，是誰教你講話這麼自我感覺良好的啊？」Gam看著他的臉，手肘放在桌上，呼叫服務生要菜單。

「是我媽……我媽說只要互相信任，感情夠堅定的話，任誰都不能對你們做什麼。」

「說的也是。」

「但是我才剛對Ton哥說謊……」Chonlathee癱在沙發座上，咬著下唇思索著，從剛才到現在好像一直在演一場大戲一樣。

「如果心裡過意不去，那就回去認錯嘛！」

「妳說Ton哥會不會很生氣？」

「生氣的話再哄哄就好了。」

「如果哄了氣還不消呢？」

「那就讓Ton哥處罰你……像小說裡寫的那樣，抓著你讓你趴在腿上打屁股，超色的！」Gam遮住臉閉上眼睛，臉上露出奇怪的表情，「一定超刺激的，Chon……我喜歡你這個男朋友，非常有藝術感的齒痕，已經完全擄獲我的心了。」

這個人居然還在講齒痕。

「Gam？」

「嗯？」

「我是妳姊妹，不是小說女主角，而且妳姊妹我也不想被打屁股。」他一邊抱怨，一邊去捏好姊妹的臉頰，看捏一捏能不能叫醒她。

「喔，知道了啦，等一下我送你回宿舍，現在才八點多而已，我們先吃飯吧！」

「嗯。」

他點頭同意，嘆口氣看著Gam翻開菜單，心想自己騙了Ton哥好幾件事，第一件就是關於Amp姊的事，而第二件事……就是原本說要來跟Gam過夜的事。

幹嘛要分開睡，他才是沒有Ton哥味道就會睡不著的那個人。

Gam送他回到宿舍時都快十點了，現在Chonlathee的手上提著大包小包。其實他原本可以不用這麼晚回來的，還不是因為司機小姐突然想逛街，還拖著他一起去幫忙挑。

結果……想逛街的人沒買到東西，反而是陪逛的人卻滿手戰利品。

「今天不要太操勞，聽說明天要上課喔！」

「什麼跟什麼啦！」他用力推開臭Gam的頭，調侃他就算了，居然還露出那種奇怪的眼神。所以說現在的女人都好恐怖。「我走囉！」

「拜啦～～祝你受到愛的懲罰。」

「神經病。」他丟下最後一句話便開門下車，夜晚的涼風讓人感覺好舒服，周圍的路燈照亮著街道，搶奪了星星的光彩。

他走進熟悉的電梯內，當電梯門關上之後，便把大包小包拿在同一隻手，用另一隻手從口袋裡拿出手機。

開機，撥號給戒指的主人。

「已經回到朋友宿舍了嗎？」Ton哥秒接電話，不知道是不是一直在等他的電話，還是剛好正在滑手機？

「是啊，被拖去幫忙買東西，所以才會回來晚了。」

「我好想你。」

「你在幹嘛？」電梯到達五樓打開門，他走出去右轉，直到門口才停下腳步。

「在陽臺抽菸……老婆跟人跑了，索性抽菸打發時間。」

聽到有人不高興地撒嬌，害他噗嗤一聲笑出來，這麼大個兒的傢伙，用沙啞低沉的聲音撒嬌……真的好可愛。

「我好想你……早知道就不讓你去跟朋友睡。」

「這麼嚴重？」

「嗯。」

「那我有件事想跟Ton哥坦白，可是你要先答應我，聽了不會生氣。」房門的感應卡已經拿在手上，但還沒插進電子鎖裡，他打算先等一下，看看對方怎麼回答，「你可以生氣，但是不可以發脾氣。」

「Chon……」吼！Ton哥的聲音居然瞬間就嚴肅了起來，「OK，只要不是跟男人有關的事，我就不會生氣。」

「那我就放心啦！」他笑了，雖然心裡還是非常緊張。

「快說，我等不及想聽了。」

「我人就在門口，馬上就進去囉！」

不等Ton哥回應，他馬上掛斷電話，將感應卡插進電子鎖，接著是嗶一聲開鎖的聲音。

客廳內一片安靜，空氣裡瀰漫著香菸的尼古丁味，客廳的燈並沒有被打開，只靠著陽臺外照進的微弱光線。

那道光線灑在大個兒身上，他發現對方正勾著手指叫喚他。

「比鼻，過來……」

他並沒有立刻就撲上去，而是慢條斯理地脫下鞋子，把東西都擺到桌上放好之後，才緩緩地走到陽臺。

他知道自己的動作很慢，但Ton哥還是耐心地在等他，臉上看不出是什麼表情。

當兩人的距離小於手臂長度時，Chonlathee的細腰突然就被一把抱住，他依稀只記得自己因為嚇一大跳而叫了出來，毫無預備地就被抱到陽臺的扶手上坐著，面朝屋內，從背後吹來深夜的強風。

「給我從實招來，不然我一定把你推下去。」

「如果把我推下去，那我也會把你一起拖下去喔！」

他很清楚Ton哥絕對不會把他丟下去的，此刻緊緊抱住他的那隻手臂就是最好的證明。

「你有什麼話要說？」

「我對你說了謊。」

「？」

「我的手機不是沒電，只是關機了，而且打從一開始我就沒有要睡在Gam的宿舍。」

「為什麼？」

「我跟Amp姊見面了。」抱住他的那一股力道圈得更緊了，讓人感到窒息。Chonlathee眉頭緊皺，因為大個兒的兩排牙齒正隔著衣服咬他的乳尖。

「為什麼？」

Chonlathee低頭看著自己的胸部，發現有口水的痕跡，裡面癢癢的。他感覺到自己的體溫似乎正在逐漸上升。

「去告訴她Ton哥是我的，而且永遠都不會回去找她了。」

「那你希望我發表什麼心得？」

「哥什麼都不用說，只要把我對她說的那些話變成真的就夠了……這樣你會生氣嗎？」

「你說呢？」

「對不起。」他沉默了下來，看著大個兒愈來愈泛紅的臉龐，心想對方應該是滿生氣的吧。

「你是不相信我不會再跟她有所接觸嗎？如果可以選擇，我也不想要有這種前女友，但是我不能讓時間倒轉回去。」

「不是我不相信你，我只是想讓她知道，我不會再給她機會對你為所欲為……因為我會吃醋。」

「那為什麼現在要讓我知道，就讓我繼續笨下去，什麼都不知道不是比較好？」Ton哥終於鬆手，扶著他的背讓他雙腳踩在地板上站穩，然後轉身走回客廳內。

他看得出來Ton哥其實很生氣，但好像正在努力不發脾氣。

「Ton哥……」

「讓我調適一下心情。」

Ton哥拉開他從後面抱住的手，接著走進客廳裡，而他則是跟在後面。

「我之所以跟你坦白，是因為不希望我們之間有祕密……我該怎麼做你才會氣消？」

「……」

「要像Gam說的那樣打我也行。」他讓自己化為液體一般，軟綿綿地纏繞著坐到沙發上的男友，再一點點就要趴在大腿上給對方打屁股了……Ton哥的五十道陰影！

「打什麼？」

「打屁股啊，她叫我趴在大腿上讓你打屁股，超色情的。」

「你真的是……吼！」Ton先是怒吼一聲，接著才將他的身體面朝下壓在沙發上，自已則翻到上方壓制著他。「Chon，我現在很認真在跟你說話！」

「人家不希望你生氣嘛，我正在哄你耶……太常生氣的話，會浪費掉我們在一起的幸福時光喔！」

「我不會打你。」Ton哥把他原本要打勾勾的手指拍掉，犀利的眼神依舊緊盯著他，臉色還沒有恢復平常的模樣。「之前你生氣的時候，我都要哄好幾天。」

「呃……」

「要我不生氣也可以，等一下上床時，我不准你說『夠了』。」……Ton哥終於露出邪惡的笑容，讓他的心裡警鈴大作。

這是危險的訊號！

「要是這樣的話，我還寧願被打……」

第 30 章

結果什麼事都沒發生……。

Ton哥依舊定格在以手臂撐住趴在他上方的姿勢，並沒有壓在他身上，也沒有像平常那樣發動親吻攻勢。

「你怎麼一動都不動？」他忍不住疑惑道。

「我要你幫我刺激一下。」

總算知道大個兒為什麼沒有動靜了……為什麼在這檔事上，Ton哥就不像其他事情那樣傻裡傻氣的呢？

而且不只是嘴巴說說而已，Ton哥還把他翻到上方，換自己平躺在沙發上。

「Ton哥好壞。」

「這是處罰，比鼻……別光坐著不動，快蹭……」

「我去拿一下套子和潤滑液。」他的聲音輕微顫抖著，準備要從Ton哥身上起來，但是大個兒緊緊抓住他的小腿不讓他離開。

Ton露出大大的笑容，黑色的唇釘讓白皙的牙齒顯得更好看。

「我說了，這是處罰……」

「嗚……人家要哭了……」

「快一點，比鼻……」Ton輕輕地拍打他的大腿，催促他趕快動。

他現在只覺得超級害羞的啦！

「知道了啦！下次就別換我逮到機會！」

「你知道的，哥可以就這樣罰你罰到天亮。」

「只要是這種事，每次都是我吃虧。」他抱怨著，手撐在結實的腹肌上。Ton哥的上半身赤裸著，肌肉的健美線條他早就看習慣了。

「哪是啊，其他事情我也都讓著你……就連這次我也讓著你。」

「讓我什麼？」

「讓你上我。」

Chonlathee氣得牙癢癢的，真想在這張帥臉上留下兩道爪痕，不過他能做的也只有嘆口氣。在兩人鬥嘴說笑的時候，被他的下半身壓著的地方好像硬起來了，而且似乎愈來愈熱。

他稍微動一下腰部，讓臀部輾壓在硬柱上不斷地摩擦，話題戛然而止，整個客廳只剩下逐漸加重的呼吸聲。

冷氣沒開，儘管陽臺的落地窗大開著，但吹進來的晚風並沒能讓沙發上的兩人降溫。

他衣服上的第一顆鈕扣被Ton哥解開，接著是第二顆、第三顆……一直到整個敞開，襯衫順著重量滑落到手肘處，而衣袖堆疊在他的手腕上。

即使是他壓在上位，但他仍然被束縛著，進攻著。

白皙的肌膚上仍殘留著上次的痕跡，從外面照進來的餘光，讓人依稀可以看見圓形的瘀痕和齒痕，他開始被撫摸，蹂躪，耳邊甚至能聽見布滿汗水的肌膚所發出的黏膩聲。

Ton哥修長的手指解開褲頭的鈕釦，拉下拉鍊，顯露出凸起的重要部位。現在還說不清是誰的那裡比較興奮堅硬，究竟是已經被掏出來的這個，還是正在被臀部輕輕輾壓的那個。

「啊……」那裡被套弄，讓Chonlathee忍不住發出呻吟聲，隨著大手掌的節奏搖晃臀部。

好羞恥……好害羞……。

整個客廳都是他的呻吟聲，原本飄散在空氣裡的菸草燃燒的味道，被一股汗水與性愛的氣味掩蓋掉，如此濃郁、清晰……尤其是當他坐在健壯男友身上全身一顫的時候，更是明顯。

噴灑在大手掌上的液體讓他更加感到害羞，這些都是證明了他有多麼舒服的證據，濃稠的液體漸漸流到壯碩的胸膛上。

「我又……弄髒你了……」

「屁股先抬高一下。」Ton哥並沒有出言責備，反而叫他抬高臀部，為了將褲子褪到腳邊。

他的褲子，以及Ton哥穿著的那條褲子。

……接著Ton哥動手處理那一片白濁，他將液體抹得一滴不剩，接著把手繞到背後，塗抹在現在仍呈現完全閉合狀態的菊花上。

Chonlathee微微抵抗著，小臉害羞地通紅，撐住身體的雙腳開始發抖。

「剩下的……是你該做的。」

「知道……啦……」

熾熱的手指已經幫他撐開柔軟通道的入口。狹窄的入口，正準備迎接早已矗立、頂在入口處的熱柱。

如果他不往下壓，對方似乎也不打算自己送上來。

想當然耳，一鼓作氣用力地坐下去，肯定不是多好的方式。

「唔……Chon……你想謀殺親夫？」

「怎……怎樣？」

「感覺棒到快升天了！」

Ton哥被他緩慢地吞噬著靈魂深處，舒服到閉緊眼睛，他甚至能感覺到那邊的血管正在跳動。還沒等到他吞下整根，突然就被一股力道往上一衝到底。

「哥……嗚……」Chonlathee整個人向後仰，胸口向前挺立，斗大的汗珠滴滴落下，眼角則閃爍著淚光。

「好美……你全身都好美……我好想用力……」

「你瘋了？」

「嗯，我愛你愛到瘋了！」說出甜蜜的言語時，Ton哥發現他不肯動，便主動挺起腰，讓兩人的結合處更加緊密，撞到裡面最敏感的地方。

體內傳出的陣陣酥麻感讓他再次妥協，漸漸開始自然而然地隨著節奏動作，時而輾壓時而上下律動，彷彿這樣就可以稍微緩和掉從肌膚滲出的酥麻感。

這種極為甜蜜的懲罰，開始的時候最是溫柔。

但這同時又是極痛苦的懲罰，身體熾熱到讓人幾乎快要失去意識。

「啊、啊……Ton哥……快到……」

「嗯。」大個兒在回應的同時加快節奏，撞擊的力道非常猛烈，讓他整個人都失控抽搐，呻吟到似乎快要忘記呼吸的節奏。

「我們一起！」Ton哥說出最後一句話，接著喉嚨裡發出低吼聲，而Chonlathee則是大腦一片空白，大叫一聲後便倒在Ton哥的懷裡，同時感受到窄道內已經被黏稠的液體射得到處都滿滿的。

他趴在Ton哥懷裡喘息了好一會，累到說不出半句話。背後被大手溫柔地安撫著，細碎的吻則不停地落在了臉上。

「我知道你還要，可是先讓我休息一下……」

「嗯。」修長的手指伸入他的髮絲內，疼惜般地撫摸著他的後腦杓……這或許是Ton哥唯一的溫柔……因為接下來，他就一路被懲罰到天亮。

我哥再一次……搞我搞得好慘啊!!!!

Chonlathee任由自己的手臂從沙發掉下，昨晚不管是他或Ton哥都沒有回到房間的床上，他就連自己是什麼時候睡著的都不知道。

今天早上也和那一天一樣，Ton哥先起床鬆開環抱自己的雙臂，直直地走向廚房流理台，準備煮早餐……但今天他不會過去插手。

他就在這裡躺著看吧，畢竟連動的力氣都沒有了。

「鮪魚沙拉這麼簡單？我一直以為超級難的。」臭Ton哥打開YouTube開心地看教學影片，而他一聽到早餐要吃這個時，便轉過身背對著臭Ton哥，拉起棉被蓋好繼續補眠。

做沙拉不用火，這下子他不用擔心廚房會不會爆炸了。

「Chon還想吃什麼？」

「止痛藥。」他有氣無力地說。Ton哥應該是滿擔心他的，走過來時還用手背貼著他的額頭檢查體溫。「我沒有生病，只是腰好痛，感覺快斷掉了。」

「哪有那麼誇張……昨天我沒有幫你種草莓好不好。」修長的手指沿著脊椎滑過，癢癢的感覺讓他轉頭狠瞪著對方。

「那就好，我現在超像嘟給（註）的。」

「哪裡像了，你皮膚這麼漂亮。」

「少用那種眼神稱讚我，根本一點誠意也沒有。」

譯註：一種全身斑點的大壁虎，會發出「嘟給」的叫聲。

Chonlathee舉起手阻止準備要撲上來咬他嘴巴的大個兒，他現在真的已經不行了。

「我只是要親你而已。」

「你永遠不會只有親而已。」

「嘖，每一次都被你看穿。」

「趕快去做沙拉給我吃啦！」

「是，比鼻！」

Chonlathee沒想到大個兒答應後還會趁機偷吻自己，毫無防備的他只能乖乖被親。兩雙唇瓣彼此貼合交換著呼吸，既熾熱又酥麻……逼得他最後依舊順其自然地回應。

每一次當舌尖開始玩弄黑色唇釘的時候，他便覺得這次又得繼續糾纏好一陣子了。

過了相當長的時間，Ton哥才終於結束這一輪熾熱的攻擊。大個兒一邊心滿意足地笑著，一邊用手背檢查他那裡。

他的那裡已經完全甦醒了，硬挺堅強。

「冷靜點，比鼻……」Ton哥察覺到之後，便站起來露出邪惡的笑容，還順便對他眨眼。

「你知道嗎，我超討厭你說的『比鼻』。」他拿起不知道為什麼會出現在這裡的獨角獸娃娃，順手丟出去正中那一片寬厚的背肌，接著臭Ton哥便大笑了出來。

「啊～～好痛！虧我昨晚還特地拿黑曜龍馬（註）娃娃出

譯註：泰國詩人筆下的神獸。

來給你抱著睡覺！」

獨角獸！剛剛丟你的那一隻叫獨角獸!!

起床洗澡換上大學制服所用掉的時間並不多，事實上他平常洗澡滿久的，不過今天用不到十分鐘就衝出來了。

還不是因為那個臭Ton哥，每三十秒就跑來敲臥室的門，叫他趕快出來品嘗大爺親手做的料理……還希望他品嘗之後給一點評語，看起來好像相當自豪呢！

Chonlathee把領帶拿在手上，先走到餐桌坐下。在等候Ton哥洗澡的時間裡，他趁機先拍下桌上的鮪魚沙拉、烤吐司、熱牛奶……全都是Ton哥用心準備的東西。不過在開動之前，他決定先學學Gam會做的事，那就是上臉書貼照片。

「Ton哥做的」……不要好了，把「哥」去掉，剩下「Ton做的」就好，這樣看起來比較親密。

上傳照片成功之後，Chonlathee拿起小籃子裡的叉子，以帶有節奏的方式輕輕敲響，因為大個兒還沒走回來。

「Ton，Tonhon，制服穿好了沒，就只會催我，自己反而更慢。」

「少囉嗦，我在找東西。還有為什麼不叫我『哥』？」聲音從房間內傳來，乒乓的聲響證明了Ton哥真的在找東西。

「不想把你當長輩嘛！Ton哥在找什麼呢？」他說的同

一句話內前後矛盾，前一句才說不把他當長輩，所以不叫哥了，但是後一句又喊他哥。

「娃娃，昨天看到一隻好可愛，所以買來送你。」

「你買娃娃送給我？……今天一定會下紅雨。」

「比鼻，小豬仔娃娃，是隻粉紅豬……找到啦！」

Ton哥叫得好大聲，接著他聽到大個兒穿著拖鞋走過來的聲音。

「比鼻小豬居然有做成娃娃喔？這我還真的不知道。」

「有啊，你看！」Ton哥拿著大娃娃一起現身……這麼大隻怎麼可能找不到，不過現在找不找得到不是重點，重點是對方手上的那一隻娃娃，引起了他的好奇心……。

「你有看過這部電影嗎？」

「很小的時候看過。」

「那你有沒有看過卡通《佩佩豬》？」

「？」

「你拿的是佩佩豬。」因為某人露出一臉疑惑樣，他只好替對方解惑。

Ton哥看著他，然後又看著手上的娃娃，接著就大發雷霆。

「我的錯？」

「可是我很喜歡唷，這部卡通很可愛，娃娃也很可愛。」

「我好難過……」

「難過自己認錯娃娃？」

「難過我又耍笨了。」

他看著Ton哥的反應，忍不住噗哧笑出聲來，拿起叉子叫對方過來坐好一起吃飯。

「今天為什麼戴眼鏡？」

「昨晚忘記摘下隱形眼鏡了，今天眼睛很乾，想說還是戴普通眼鏡好了。沙拉好好吃喔！」Chonlathee吃下兒童餐之後開口稱讚。鮪魚沙拉非常美味，充滿了新鮮蔬菜的自然鮮甜。

「我忘了你昨晚有戴隱形眼鏡，還不自覺就做了好幾次，害你動彈不得。」

「Tonhon……不要那麼色。」他滿臉通紅地責備，正是因為做了好幾回合，害他也忘了自己還沒摘下隱形眼鏡。

「你一直戴眼鏡也滿好看的，很可愛。讓我看看，眼睛有沒有紅紅的？」

「沒有，只是乾而已。」他往後靠在椅子上，任由Ton哥抬起他的下巴看眼睛，慢慢地拿下他的眼鏡放在桌上。

「家裡好像有人工淚液，要不要？我幫你滴。」

「好啊。」他點點頭，看著Ton哥去找人工淚液。眼前的畫面有一點模糊，直到對方走回來時，畫面才慢慢清晰起來。

「抬頭。」

Chonlathee聽話地抬頭，忍不住眨眼，心裡有點怕怕的。現在他的雙腿大開，讓Ton哥能更靠近他，手抓在對方結實的腰上，結果讓制服襯衫變得有點皺。

等了好久，人工淚液才終於滴下來滋潤他的眼睛。

「我好像常常讓你很刺激。」

「……不要講得那麼色啦！」

「只是聊天而已，你幹嘛亂想……徵收人工淚液稅。」一說完，大個兒便親在他的兩邊臉頰上，發出好大的聲響，臉上還有濕濕的感覺。「好清爽啊！」

「我還要付你早餐的錢。」Chonlathee一說完也抓住Ton哥的脖子，不讓對方離開，先舔一下嘴角的唇釘，然後壓在嘴唇上。

嗯……真爽～～！

⚓ 第31章

Chonlathee整齊漂亮的眉毛皺在一起，盯著坐在對面的Ton哥。兩人現在正一起坐在餐廳裡吃Ton哥最愛的燒肉，爐火才剛熄滅而已。

爐子裡還在繼續傳出熱氣，部分尚未燃燒完的黑炭仍帶有紅色的炭火。

「那哥不就不能去看我了。」他問完之後嘆口氣，手裡的汽水已經喝到只剩下冰塊，發出惱人的喀啦聲響。他注意到正好他剛放下杯子時，Ton哥就拿起水瓶要幫他倒水。

「嗯。」Ton哥一邊點頭一邊回應。

就只有這樣嗎……他立刻翻白眼道：「沒關係啦，這也是沒有辦法的事，畢竟是總決賽嘛。」

他重重地嘆氣，放棄所有的期待。

事情的起因是Ton哥要上場打籃球賽，而那一天正好是他要上台參加校園人氣王選拔的日子。

雖然Ton哥沒來也不會怎樣，可他原本很期待男朋友來為他加油打氣，也很期待男朋友在現場看他比賽，或是去看男朋友的籃球賽。

「說不定我們會先輸掉，進不了總決賽。」

「可是Nai哥說我們學校是冠軍盃的常勝軍……因為有你在。所以無論如何那一天你都要上場打球。」

「你是不是不高興？」Ton哥的眼睛眨啊眨，然後大手掌便伸過來握住他的手。

「你說校園人氣王的選拔嗎？算了啦，我不是很在意。可是我好想去看你打籃球賽，你比賽的時候那麼酷，如果有女生纏著的話怎麼辦？我家Tonhon那麼後知後覺。」

「吼，怎麼感覺好像我被罵了。」

「好難過。」Chonlathee輕聲地說，表情反應出不美麗的心情。

「我先叫我同學幫忙錄我比賽的影片，然後再叫他們去看你。」

「看我什麼？」

「以防有男人想偷摸你的手。」銀色的眉釘揚了揚，桌子底下的腳尖還輕輕地逗弄他的小腿。「我會吃醋。」

「我知道你會吃醋啦，但是不要忘記錄影的事喔！」他提醒道，雖然Ton哥不是健忘的人，但是如果忘記的話……就死定了！

「我保證不會忘記的。不過花可能就沒辦法送了，就算叫別人代替我送花，也不像自己親手送的有誠意。」

「獎盃。」

「嗯？」

「用冠軍獎盃代替原本要送我的花。」他也在桌子底下回擊對方的小腿，力道還不小，然後才終於露出微笑，接受這種雙方都不得已的狀況。「我也不能去幫你加油，不過我已經把我的心送給你了，你明白我的意思吧？」

他用筷子指向Ton哥的左邊胸口，在薄薄的制服襯衫底下，隱約露出船錨的圖案。

「我一定會贏！」

「那為什麼要用手遮臉？……害羞嗎？應該不是吧，哥到底在想什麼，趕快從實招來。」他用眼神壓迫對方，剛才Ton哥的雙手明明還握著他的手，現在不只臉紅，還用手遮住臉，讓黑色的錶面對著他。

「你不用知道啦！」

「比鼻……說！」他用腳踢對面的小腿催促著，等了好一會大個兒才終於肯講。

「我想到你穿啦啦隊隊服的畫面。」

「？」

「超可愛的，超短的裙子，還有超白的腿。」

「Ton哥……」現在換他臉紅了，拿著筷子的手都在微微顫抖。

「我正在幻想你穿上護士服、醫師袍、高中女學生制服，還有空姐服的樣子……啊嘶～～」Ton哥舉起大拇指，還咬著下脣，眼睛綻放出異樣的光芒。

而他只能滿臉通紅，既害羞又生氣，但又不能怎麼樣，只好把手上的筷子朝臭Ton哥的臉上丟……。

終於來到校園人氣王選拔賽的日子。

Chonlathee從下午三點就被關在休息室內準備，呆呆地坐著看別人化妝。

他快要悶死了，幸好Jean和Dada過來陪他，而且Jean還跑來跑去告訴他外面的最新情況。

Jean說現在會議廳外面幾乎沒什麼人，因為大部分的人都跑去運動場了……今天有校際友誼賽，比賽已經進行了一段時間，而今天會有好幾個運動賽事進行到總決賽。

籃球就是其中一個項目，但是晚上七點才開始。

而他八點多就要上台，所以大個兒才說比賽結束之後會馬上過來。

「Chon，你的甜心來了。」Jean以手肘戳他的腰，用下巴指向門口。

是Ton哥走進來了，周圍好幾道視線都盯著他看。

又擺凶臉了，以為這樣他就會怕？

他舉高手臂讓對方發現他在這裡，原本大個兒打結的眉頭這才鬆開，轉而露出一抹笑容。

「那麼我跟Dada先去找點吃的，Chon想要什麼嗎？」

「都可以。」他回應兩位女同學，發現Jean和Dada雖然嘴巴上沒說什麼，但卻在用眼神調侃他……現在大家都已經知道Chonlathee和Tonhon是什麼關係了，不過就算是這樣，每一次被調侃，他還是會不禁害羞起來。

「為什麼這麼早就要來這，我去管院找你，他們說你已經在這裡了。」Ton哥搬一張塑膠椅過來坐在他前面。

「我也不知道。」

「他們叫你來化妝？」

「或許是吧，可是我懶得化妝，所以坐著發呆。」

「你不用化就很可愛了。」Ton哥用手指碰著他的臉頰，輕輕地滑開，然後把椅子拉得更靠近一些。「不然我來幫你化。」

「你會？」他一臉驚訝地問。接著便看到Ton哥眼眸裡閃爍著光芒……。

這種眼神最可怕了，每當對方用這種眼神搭配笑容的時候……他都會忍不住心軟投降。

「不會，但是想玩玩看。」

不只是說說而已，臭Ton哥甚至站了起來，附近有人正在認真化妝，他走過去不知道跟人家說了什麼，回來的時候手上便多了腮紅刷和腮紅。

喔……還有一支口紅。

「我不擦有顏色的口紅，包包裡有我平常在用的護唇膏。」Ton哥走回來坐到原來的位置上時，他告訴Ton哥。

「那就先放在這裡，等一下再還給他們。」

「好。」

「你的護唇膏放在哪裡？」

大手在他的面前攤開，不管怎麼看，Ton哥就是一副今天一定要玩弄到他的臉才甘心的樣子。而他又心軟了，伸手進自己的包包裡找出護唇膏。

「有顏色的？」

「沒有，只是潤脣用而已。」

「難怪，每次親你都覺得你的嘴巴好嫩。那我能不能擦？我也想要嫩嫩的嘴巴。」

「Ton哥這樣太娘了啦！」

「還好而已。」這傢伙居然面不改色地承認了，害他的拳頭硬硬的。他看著對方打開銀色的小盒子，像不用錢似的挖起一大塊護脣膏……。

「如果你要抹那麼多的話，等一下你的嘴看起來會像剛吃完炒粄條一樣。」

「你形容的真生動。」

「我很會比喻的，不然就分一點給我，這麼一大塊，兩人一起用都還有剩。」

「不！」

「不然你打算怎麼辦？我先說不准丟掉唷，那個很貴耶！」

「不分給你，但是我會幫你抹，剛才不是說要幫你化妝嗎？」Ton哥開始發脾氣瞪了過來，甚至還用低沉的聲音恐嚇。

「好啦好啦，你想幹嘛就幹嘛吧！」

「那我先通通抹在自己的嘴巴上之後再親你，嘴對嘴護脣法。」

「這邊這麼多人！」……其實他驚訝的是自己居然沒有

拒絕，而且Ton哥好像早就猜透他了，戴著黑色唇釘的嘴角以狡猾的姿態揚起。

我的媽……真的要在這裡親喔？

「用衣服蓋住。」

話音剛落下，Ton哥便將手上拿著的黑色夾克外套蓋在他們頭上，同時將手指上的護唇膏抹在嘴唇上，趁著暫時的黑暗，一雙溫暖的唇瓣和冰冷的唇釘貼了上來，很快地又離去。

「Ton哥！」他悄悄地叫喚大個兒的名字，看著周圍的人，此時黑色夾克已經又被放回桌子上了。

糟了……好多人在看。

「嘴唇真的好嫩，我說的是你的嘴，不是我的。」話一說完，Ton哥便用手背擦拭嘴唇，將沾在唇上的護唇膏擦乾淨。

我的媽啊……丟臉死了！

「哥真的好糟糕。」

「誰叫你這麼可愛。」

「你一直賴在這裡，不用去做賽前準備嗎？」他問出心中的疑惑，同時用力打了一下Ton哥的大腿。

大個兒只是嚇一跳而已，用手摸了摸減緩疼痛感。

「六點再去，先來找你比較重要，誰叫我那麼想你。」

「我們中午才剛一起吃過飯。」

「吼，二十分鐘就很想你了好不好！」Ton哥用手揉弄他的頭髮，然後站起來走到一個學姐那裡講話，好像是認識的人。

Ton哥冷落他？去找女生？……當著他的面？

搞什麼鬼？

在他的腦內小劇場開演之前，Ton哥突然叫他起來。

「寶貝，我們先去吃點東西，我已經幫你講好了，六點前送你回來就行。」

Ton哥的聲音並不小，而且還刻意強調「寶貝」這兩個字。

「臭Ton，學弟的臉都紅了啦！」

「好寶貝，值得炫耀。」

「有事就快滾，別待在這裡礙手礙腳的……別忘了不准超過六點喔！」

「好！……寶貝你好慢……唔……」Ton本來要繼續講的話被自己的黑色夾克摀起來，不過被堵住嘴巴後，他看起來好像更高興了。

「哥你真的是……」

……真的是很喜歡讓我丟臉耶！

Ton哥在晚上六點前幾分鐘準時開車送他回來，這時的休息室內相當忙亂，化妝師發現他回來之後，便立刻帶他到位置上坐好，幫他化妝梳頭，現在他總覺得自己好像等會就要上台唱戲一樣。

我的老天啊！幸好他本來皮膚就白，要不然一定會被化成脖子以上是雪碧，脖子以下是可樂。

粉底超級白的!!

「Chon是用哪一款面霜啊？你皮膚好好喔！」化妝師在幫他刷腮紅時問。

「我沒有用面霜。」

「所以你是天生麗質囉！」

「我只有洗完澡後會用一點椰子油，因為我的皮膚很容易過敏，用面霜會長痘。今天化了妝，回去後大概也會起疹子？」因為擔心修容粉會飄進嘴巴裡，Chonlathee講話的時候只敢動一點嘴。現在他的臉上已經開始癢了，八成是化妝品作祟，估計明天一定會長痘痘。

「我喜歡用椰子油來護髮，非常好用。」

「對啊，還可以拿來做菜。」

「回去我也要試試看用椰子油，看能不能像Chon的皮膚一樣好。那身體你都抹什麼呢？我想順便問一下你的保養祕訣。」

「一樣也是用椰子油，有時會用香水乳液，我都挑普通的開架品牌。」

「喔！原來是用香水乳液，難怪會讓人想大口吃了你……這個玩笑可以開吧？你會不會害羞？唉唷，其實這種事情很正常啦！」化妝師一邊笑得樂不可支，一邊用尖梳整理他的瀏海。

「什麼大口？」

「你的脖子後面有超明顯的一塊痕跡，不過不用擔心，我已經幫你用遮瑕膏蓋住了。」

一聽到對方這麼說，Chonlathee便下意識地用手摸了摸自己的後頸，想起那個大口吃他的傢伙……臭Ton哥！剛才在餐廳裡的時候，就是Ton哥在他脖子後面種草莓，明明都交代過今天不准製造瘀痕……。

可惡！回宿舍之後你就死定了！

他並沒有要對Ton哥家暴，只是他也要大口地吃回去而已……。

選拔活動在學校的會議廳舉辦，活動的順序為先選拔校園先生和小姐，最後才是校園人氣王的投票。

他坐在舞台旁觀眾看台最上排的位置，原本還想說一點都不緊張，結果看到入場的觀眾多到爆炸後一下便焦慮得發抖，連雙手都冰涼了起來。

「CHONLATHEE後援會」

下方的觀眾席上有著一塊寫著自己名字的應援燈牌，吸引住他的目光。他看見Ai哥站在舉牌人的旁邊，等到應援燈牌放下來後，果真如他所想，是Nai哥無誤。

「Chon！過來這邊……Ton叫我拿東西給你。」Nai哥招手叫他過去，觀眾席位置和舞台的高度差距相當大，就連Nai哥那麼高的人都要仰望著他才有辦法對話。

「來了！」他走近觀眾席的時候，還得用喊的對方才聽得到，畢竟會議廳裡的音樂和歌聲都十分大聲，到了幾乎震耳欲聾的程度。

「會不會緊張？」

「有一點，Ton哥那邊開始比賽了嗎？」

「開始了，那邊提早開始，搞不好來得及看你的選拔，不過Ton叫我拿這個給你。」Nai哥遞一張卡片給他，不過因為兩人的距離相當遠，得伸長手臂才拿得到。

「我先去看校園小姐囉，等一下你等著收我的花吧！」

「好。」他看著Nai哥手臂亂揮的動作點點頭，目送這一對情侶離開。

為什麼Nai哥他們非要占到最前排不可？Chonlathee心裡有點疑惑，不過Nai哥嘛……好像做什麼事都不奇怪，至於Ai哥，應該只是陪Nai哥來而已。

他其實不好意思說，台上的那些校園先生候選人，顏值都不及Ai哥和Nai哥的一半呢！

但還是他的Ton哥最棒了！……先講出來，免得有人跑去打小報告，說他偷偷稱讚別人帥。

他走回自己的位置上，燈光和音樂都集中在舞台上，所以他坐的位置便顯得昏暗許多，只能仰賴偶爾閃過來的聚光燈看卡片上的字，一個字一個字地猜。

「比鼻加油，我會依照承諾，帶冠軍獎盃回去送你！」

Chonlathee把卡片放在襯衫的胸前口袋中，用手輕撫……似乎這樣就能減少一些焦慮的心情……大概1%。

「各位觀眾，就在我們等待本學年度校園先生小姐的結果宣布之前，眾所期待的選拔比賽即將開始，有請校園人氣王!!」

台上的主持人對著麥克風大喊的聲音震動了整個會議廳，下一秒隨即被觀眾的尖叫聲覆蓋掉，此時Chonlathee正在舞台旁靜靜站著，等候工作人員的指示，叫他走到台上亮相。

他一直都不知道有多少人參加人氣王的選拔，直到主持人宣布……。

「好啦，事不宜遲，今年的票選活動，我們已經請大家先到粉專上進行過第一輪投票……就在今晚，即將進行最後一輪的票選，現在有請得票數最高的五位參賽者！大家已經等不及想知道有誰入圍了對不對？」

主持人停頓了一會換氣，看起來滿辛苦的，不只得走來走去，還要一直講那麼多話。

「那就開始囉！在宣布入圍名單之前，我們先來宣布票選的規則……就和往年一樣，我們用玫瑰花當作選票，大家可以找學生會購買，會有人在觀眾席之間走動販售，一朵30銖而已……什麼？玫瑰花都賣完了？有人全包……喔喔喔……OKOK……」

主持人和學生會的工作人員交頭接耳，聽起來似乎玫瑰花已經售罄。

我說……這花根本超貴的啊！那麼小一朵！

「每一位入圍者前面都會有一個籃子，而買好了玫瑰花的人就把花投在你喜歡的入圍者籃子內……然後……今晚得到最多玫瑰花的入圍者，就是本學年度最夯的新生，也就是我們的校園人氣王！」

主持人的聲音靜下來，會議廳內的燈光已全部暗下，前台的觀眾們被音樂聲振奮得有點緊張，但是在Chonlathee站著的位置後面，後台的情形聽起來好像一片混亂。

到處都是發號施令的吼叫聲，要大家排隊排好等等，看來幕後的工作人員真是非常辛苦啊！

「好啦，廢話不多說，讓我們一起來認識每一位入圍者，首先第一位是醫學院的Meena！」

這背景的配樂聽起來太緊張了吧？跟慢慢走上台的Meena一點都不搭……Chonlathee不禁這麼想。

不過他等下也打算這樣走上台，讓自己看起來從容不迫、自信滿滿……但願他做得到，因為他現在緊張到全身都發涼了。

「下一位是管理學院的Chonlathee！……這一位比較難找到本尊，男友很凶的。」正要走上階梯的雙腳突然停下……男友很凶是哪一招？Ton哥人超棒的好不好！

「Chon，快走上去啦！」

「好！」他應聲之後便繼續走上去。老實說，當他走到舞台正中央的定點時，台上的燈光一整個亮到讓他什麼都看不見，耳朵只隱約聽到主持人調侃他的話，然後是一團嗡嗡說話的聲音。

「太強啦！居然有專屬的應援燈牌耶！」

在哪裡？

他瞇起眼睛往暗處看去，試著尋找自己的應援燈牌。

一開始他還以為應該是Nai哥？不過仔細一看才發現，那是排成一整排的燈牌，舉牌的人有點眼熟，好像是媽媽的手下……。

早知道就不跟媽媽說要選拔了……感覺被玩好大啊!!

第32章

完全勝利！

校園人氣王的寶座毫無懸念地獎落Chonlathee手中，在玫瑰花籃還沒有被拿出去點清數量之前，他的花就明顯比別人多出一倍。

不過幸好媽媽的手下只是來舉燈牌而已，包下玫瑰花的事跟他們沒有關係，而且他們還幫忙阻擋企圖來偷摸他的男生。

媽媽布下天羅地網嚴密保護女兒（？）……如果來的人不是Ton哥的話，就比較辛苦囉。

校園人氣王的背帶由去年的得獎者前輩替他戴上，周圍響起眾人熱烈的掌聲，所有的聚光燈似乎都聚集在他一個人身上。

……不知道是不是隱形眼鏡掉了，為什麼到了他最不喜歡的環節時，眼前的畫面會一片模糊呢？

而他最不喜歡的環節，就是回答問題——於得獎之後發表感想！

「恭喜Chon同學榮獲校園人氣王的寶座，你現在有什麼感想呢？」選美小姐的問答題開始了，他緊張得手心不斷出汗，心臟跳得飛快，早就亂了節拍。

有些人一緊張就會口吃……而他也是其中之一！

「呃……啊……我喜歡小孩……（註）」……爛透了！

「哈哈……Chon同學不只顏值高，還很幽默呢！接下來是一些大家都引頸期盼的問題，在這個會議廳裡，有許多前輩和同學都很想知道，甚至還跑到粉專留言給我們……我們不會問太多啦，但還是要先問問Chon的意願，可以問一些私人的問題嗎？」

「呃……啊……如果是身高體重之類的話可以回答。」

「不不不～～是想問……感情問題！」

「啊……呃……啊……」Chonlathee突然安靜下來，因為不知道要怎麼回答比較好，焦慮得一直用手去捲露在褲子外面的襯衫衣襬。

「那麼我要開始問囉！第一個問題，請問你是怎麼認識Ton哥的？……這個真的是太好奇啦，怎麼樣都想不透，Chon和Ton哥到底是怎麼認識的呢？」

「嗯……Ton哥就住在我家隔壁。」忽然觀眾席傳出一片尖叫，他不禁左看右看，好像聽到有人說Ton哥什麼的。

如果他猜得沒錯的話，似乎是大個兒出現了……但是舞台上的燈光太亮了，使得他什麼都看不到。

「日久生情嗎？那你最喜歡Ton哥的什麼地方，才讓你

譯註：1988年世界環球小姐由泰國佳麗獲勝，當年她講的這句話，後來成為歷久不衰的選美金句。

們在一起的？」

聽完主持人的問題之後，他抓了抓頭。靠在嘴邊的麥克風，已經準備好要將他的答案傳送到整個會議廳的人耳中。

夠狂野，夠激情。

蠢得要命！

常常忘記帶腦袋出門……。

不要好了，還是回答別的答案比較好，萬一說出實話，一定會毀了Ton哥的形象……。

「呃……那個……喜歡Ton哥……是因為……他看起來很善良。」台下一片譁然。而他說完答案之後，只想馬上給自己掌嘴。

胸口有刺青、身上到處打洞、還一臉凶惡樣……哪裡跟善良沾得上邊？

「呃……而且Ton哥喜歡小孩。」

不……Ton哥討厭小孩。

「啊……頭腦很好，煮飯也很好吃……」

「很成熟、穩重……呃……嗯……就這樣。」

爛爆、爛爆、爛爆了!!他心裡很清楚，剛才講出去的那些話，用膝蓋想都知道是假象！

就連幼稚園小孩都聽得出來，事實根本完全相反！

「跟Chon交往的Ton哥……好像跟我們平常看到的是不同人呢！」就連主持人都在挖苦他，引起了台下觀眾一片掌聲。

他試著在人群中尋找Ton哥，然後發現其實並不難找，那個人就站在舉著燈牌的Nai哥旁邊，雙臂抱胸，襯衫因為流汗而全濕了，而被往後撥的頭髮，更加證實了他剛才回答的答案……。

全都是一派胡言！

如果他就如背帶上所寫的一樣，是全校最具人氣的人的話，那麼應該要替Ton哥訂做一個背帶，上面就寫——

「最惡，征服各校地盤的Tonhon皇帝」

「那Chonlathee有沒有什麼話想對Ton哥說，本人已經站在那邊綻放出善良的光芒囉！」主持人講到善良兩個字時，聲音不自然得超明顯的。

嗯哼，跟他一樣胡說八道！

「呃……」口吃症狀好煩喔！但是當他的視線對上壞男人的眼睛之後，心中的焦慮好像稍微減輕了一些。

「說一點嘛……一點點就好。」主持人一直拚命慮他。

好吧，他好像應該講點什麼……。

「Ton哥……記得還錢。」

……。

OK，整個會議廳的人頭上都出現一群烏鴉飛過，而這就是Chonlathee人生中最糟糕的一樁事件。

「我什麼時候欠過你錢？」

車子在宿舍停車場停好之後，Ton哥才問起這個問題，而他正把紅通通的臉埋在膝蓋裡。

「多少錢？」Ton哥又問了一次，連本人都不知道是什麼時候欠的錢。

「我不知道啦！」他自暴自棄地說。「剛才台上那種氣氛太壓抑了，我根本就想不出來應該回答什麼，你沒有欠我錢……別再說這件事了，超丟臉的！」

「不說的話就下車，已經到宿舍了。」Ton哥解開安全帶，作勢就要下車。

「哥……我選贏囉。」

「這件事全校都知道了。」

「你不稱讚我一下嗎？」

「我早就知道你會贏。」

聽到Ton哥的答案，讓他氣得好想對他噴火，但因為他是Chonlathee，所以只能在暗中偷偷癟嘴。

「那我的獎盃呢？」

「在後車廂裡……我超想洗澡的，先上樓啦。獎盃你就幫我拿吧，順便幫我鎖車。」大個兒把車鑰匙丟在他腿上之後，就直接下車去了。

……這是怎麼回事？讚美呢？還有他一直幻想的把獎盃送給他的甜蜜畫面呢？

通通都沒有！

他發出了悶哼聲，看著Ton哥寬厚的背影消失在宿舍大樓裡。

一點都不可愛！選拔活動結束後，有人連送給他的花束和人氣王背帶都不幫忙拿，現在居然還要他幫忙把獎盃拿上去！

超不可愛的！

他好討厭自己在面對Ton哥的冷漠姿態時，就只能獨自在這裡抱怨。但最後他還是拿起自己放在後座的東西，然後一邊走到後車廂，嘴巴還不忘一邊碎碎念……。

好吧不念了，因為眼前的畫面，遠遠地超乎他的期待。

「Ton……Ton哥！」他大喊著，看到離開的某人又走回來了，臉上還笑得很開心，害得他氣得牙癢癢的。

「Surprise！喜歡嗎？」

「不准笑！你剛才都害我在生悶氣了。」他捶打對方的胸口，對方則把他緊抱在懷裡。

Chonlathee再次轉頭看著原本以為會是空蕩蕩的後車廂，裡面現在出現了一大叢的白玫瑰和紅玫瑰。

超大一束，就像送花人的塊頭一樣巨大！

「對不起，所以你喜不喜歡？」

「喜歡，我沒想過會是這樣。」他一邊說一邊開始泛淚，不是因為傷心，而是因為太過感動。

「為什麼哭了，來～～乖乖～～不哭不哭喔～～」Ton哥把鼻子和嘴巴都埋進他頭頂的髮絲內，緊緊地抱著他，緊到他幾乎無法呼吸。

「哪有那麼誇張，我流幾滴淚而已好嗎？放開啦……

抱這麼緊，都快缺氧了。」

「我就是想把你勒死，居然說我欠你錢。」

「我剛才都解釋過了……當時太急了嘛，腦袋一片空白。」

「那善良、愛小孩、聰明、煮飯很好吃的Ton哥，又是哪裡的混蛋？」

他早就猜到Ton哥一定會拿這件事來虧他，畢竟本人也很清楚自己是哪種樣子。

「不然Ton哥要我怎麼回答？喜歡你的粗暴、激情，長相超騙人其實腦袋蠢得要命，個性又衝動……在床上的時候也很凶猛，這樣回答嗎？」Chonlathee一邊頂嘴一邊哽咽，而且因為剛才差點就哭出來，還流了鼻水，於是他用臉頰緊緊貼在眼前的胸膛上。

汗水的味道，夾雜著淡淡的古龍水味……太好聞了，誰家的男朋友，怎麼這麼香！

「好像有人在罵我。」

「我之所以喜歡你的原因，只要我們兩個自己知道就夠了。」

「嗯，我知道。」Ton哥應答的同時笑了出來，鬆開抱著男孩的手臂之後，拿走他手上大包小包的東西。

「說好要送我的獎盃呢？」

「在花束的下面。」

「這束花有幾朵啊？感覺超多的耶！」

「三百六十五朵……意思是每天都愛著Chon，不只是今天或特別的節日而已，我一年三百六十五天，每天都愛你。」Ton哥從花束裡抽出一朵紅色的玫瑰花，長長的花梗被遞到他手中。

近看之後，Chonlathee才發現這些花苞又大又鮮豔，不像剛才用來投票的玫瑰花那樣有壓到的傷痕，可以看出來受到極為細心的呵護。

「今天我收到超多花的唷！」

「我知道我的寶貝是人氣王。」黑色的唇釘與白齒紅唇形成明顯的對比，Ton哥把他的背帶拿去戴在自己身上，故意開玩笑說道。「好適合我，Tonhon在學校也很受歡迎！」

「真敢講。」

「今天投票用的花給我。」

「哥要幾朵？」Chonlathee問了之後，作勢要拿出玫瑰花。

「四朵就天亮啦！(註)」

「……」

「我為什麼會變成這樣？平常的我明明沒有這麼色。」

「我對於你為什麼會跟Nai哥感情這麼好，開始覺得一點都不意外了。」Chonlathee一邊調侃一邊半瞇起眼，對於剛才Ton哥說的話並不感到生氣，而是……有點害羞。

譯註：雙關語，這裡意指四次。

四朵到天亮……意思是說……我哥又想搞死我了嗎？

「不要把我跟那種人混為一談，今天他包下幾朵玫瑰花送你？不管幾朵，我保證我的玫瑰花更多、更漂亮，而且更貴！」

「我也不知道Nai哥幫我投了幾朵玫瑰花，不過最後所有的花都要還給學生會，不像哥送我的玫瑰，我可以自己好好收著。」

「我不想投票給你。」

「為什麼？」

「因為我不是粉絲。」Ton哥停頓了一會，在對方開口繼續說之前，他就搶先一步說完。「你是我的男朋友。」

「好聰明喔……」

「你說的『聰明』(註)，是專門用來形容你的吧？」

「你講過這是用來形容狗狗的，你又偷罵我是狗了對不對！」Ton哥抓起他的手臂輕咬，留下犬齒的齒痕，而且還沾到口水。

「不知道是誰先開始的，你看，又咬我了，像不像狗？」

「那我們來養條狗如何！」

「……」

「然後把狗狗當作小孩。」Ton哥關上後車廂的門，把

譯註：原文的「聰明」是專門用來形容動物的反應聰明。

幾分鐘之前丟給他的車鑰匙搶回去鎖車。

當兩人轉過頭，再一次互相望向彼此時，剛才的甜蜜氛圍似乎稍稍淡了點。Ton的黑色眼珠裡閃爍著光芒，強壯的手臂一把將Chonlathee抱得雙腳離地。

「我知道你在想什麼，然後打算說什麼。」Chonlathee突然開口。

「嗯？」

「……想要小孩的話，就得先做一個。」

「沒錯，你真懂我。」Ton哥給他最後一個微笑，接著不假思索地快步走向前……。

這麼努力製造小孩，看來可以年頭生完一個，年尾再生一個！

他還以為Ton哥提議養狗的話只是隨便說說的玩笑，沒想到Ton哥是認真的！灰色圓滾滾毛茸茸的小狗狗，在他才剛踏進Ton哥家大門的時候，就跑過來舔他的腳。

今天Ton哥帶他來見媽媽……。

來大個兒的家裡並不至於讓他感到特別奇怪或緊張，因為他跟這一家人認識很久了。讓他驚喜的，反而是這一隻被Ton哥抱起來吸臉、吸肚子、吸全身的毛茸茸小東西，Ton哥還把牠拋高高開心地玩弄著。

「哥……你不要跟我講……前幾天說要養狗的事你是認真的。」他想確認一下，順便伸手去給小狗狗舔。

「我是認真的。你以為我只會開玩笑而已？」

「不是……只是沒想到你會一說完馬上就付諸執行。」

「難道你不想養？牠這麼可愛。想跟牠玩的話可要趁早，這一隻是西伯利亞哈士奇，長大之後就沒現在這麼可愛了。」

「啊!?」他大聲驚呼，將Ton哥說的「西伯利亞哈士奇」抱過來仔細端詳。

他對養寵物是沒什麼意見，甚至相當喜歡這種毛茸茸的小東西，可是……。

「你不喜歡嗎？如果不想養的話，我就送給Nai。」

Ton哥開始擺出悶悶不樂的樣子，看來要是不趕快講的話，誤會可能會愈來愈大。

「我沒有不喜歡，可以養，牠很可愛，可是……你手上抱著的這一隻，我覺得好像是Pomsky，而且已經成年了。」

「蛤!?」這次換Ton哥驚呼了，一臉問號地靠近他手上這一隻毛茸茸的小東西。

「Pomsky是博美和哈士奇的混血，臉長得像哈士奇，不過身形跟博美差不多大。你買的時候沒發現價格很奇怪嗎？身價差很多耶！」

「我當下又沒多想，只是到寵物店的時候看到這隻最喜歡就結帳了……」Ton哥只講到這裡，便蹲下來和他手上的小狗玩。「牠還沒有取名字！」

「牠是男生還是女生？」

「男生，你看，有小雞雞！」大個兒因為覺得自己講了個很好笑的用詞而忍不住偷笑，不只是嘴巴講而已，還將這一隻公的Pomsky翻倒在地上，秀出小雞雞。

「那得取聽起來酷炫一點的名字才行，來個疊字吧……TonTon怎麼樣？」

「去你媽的，竟然用我的名字幫狗取名。」Ton弄亂他的頭髮，接著便把無名小狗搶回去。

「不然你喜歡什麼名字？」

「TC，用我跟你的英文名字的字首各取一個字。」

「TC，滿可愛的。」他笑了，看著大個兒把TC放到屋子前的草皮上奔跑。下午的陽光並沒有讓Ton哥看起來明亮清爽，因為大個兒看起來像是熱壞了，全身都被汗水濕透。

「我覺得我們還是進屋子裡吧，好熱……」

「好啊，那哥要帶TC回宿舍養嗎？」他點頭應答，讓Ton哥牽著他走進大房子裡。這一棟房子雖然是現代風格，但仍保有屋主的特色，也就是庭園內種滿了樹……讓人即便住在大都會區裡，依舊能享有綠意盎然的居家環境。

「不，要留在家裡，因為被我媽霸占了。她說我爸不常在家，她想要一隻小狗陪她……所以如果你想跟狗玩的話，就要過來睡我家。」

「簡直就是變相強迫嘛。」

「沒錯，我就是要變相強迫。」大個兒厚臉皮地承認了，而且還露出欠扁的笑容。

「我們每天都睡在一起了，週末你還要我回來陪你睡喔？」

「都怪你，誰叫你闖進了我的生活，害我根本離不開你。所以要我和你分開的話，辦不到！」

「我的錯？」他揚起眉毛，裝出一副沉重的表情。

「你沒錯，愛上我是你最正確的決定。」

逃離了外頭炙熱的太陽，進入涼爽有冷氣的屋內，從客廳傳來電視的聲音。Chonlathee猜想應該是Tai姨坐在沙發上看電視，不過他壓根就不知道電視正在播什麼，因為剛才Ton哥說的話，害他臉都熱了起來。

他害羞得要命，但Ton哥卻一副好像在聊稀鬆平常的話題一樣。

Ton哥家裡的氣氛相當溫馨，他受到Tai姨非常親切的招待，不過Tai姨卻用跟他媽媽一樣的眼神看著他和Ton哥。

一會盯著Ton哥，一會又盯著他。

最後Tai姨用手摀著嘴巴笑，搞得他害羞得用手指在鼻尖摩擦。

「媽你笑什麼？」Ton哥先打破沉默，把TC抱起來放到Tai姨的大腿上。這一隻灰色的Pomsky看起來相當黏屋主，因為牠一聞到味道之後，就鑽進Tai姨懷裡發出嗚嗚聲，讓他打消了想帶TC回宿舍養的念頭。

改天再來跟牠玩吧……到男友家玩狗狗。

「笑自己的兒子。」

「嗯？」

「最後還是抵擋不了Chon的魅力，Chon你過來，坐在阿姨旁邊。」Tai姨拍了拍旁邊的椅子叫他過去坐，臉上依舊笑咪咪的。

Ton哥真是一點都不像媽媽，不過當他抬起頭看到全家福照片時，就確定Ton哥的確是親生的，因為臉長得跟爸爸超像。

「誰叫他這麼可愛。」

喂喂喂，臭Ton哥，這樣當著Tai姨的面稱讚他，豈不是要讓他羞死嗎！

「那今天你們會不會睡家裡？」

「應該不會。」

「為什麼？難得回家一趟，都不想陪陪媽？而且今天你爸也不在家。不然Ton自己回宿舍就好了，讓Chon留下來陪媽，好不好Chon？」最後一句話Tai姨是轉頭問他的，完全不把只有臉長得凶的大個兒放在眼裡。

「為什麼Ton哥不在家睡一晚呢？就當作陪陪Tai姨……還是說晚上你想去哪裡？」他沒有立刻答應Tai姨，而是先回頭問問帶他來的人。

Ton哥雙手環抱胸口，嘆氣聲大到整個客廳都聽得清楚。

「你又沒帶換洗衣服。」兒子提出理由，然而母親也照樣雙手抱胸，很快就找到話來反駁。

「就穿這一套回去嘛，晚上讓傭人洗一洗很快就乾了，或者去買新衣服也可以啊！」

「那睡衣呢？」

「他可以穿你的。」

「我只有大件的衣服，就連褲子他也穿不下。媽妳明不明白？Chon穿我的衣服看起來實在太性感了……妳不是叫我不要對他出手？可是Chon光是平常的表情就夠誘惑人了！」

滋滋滋……這是Chonlathee臉燒起來的聲音……。

「我不管！Chon今天要留下來睡一晚，至於衣服的問題，等一下我叫人出去買新的。」Tai姨鄭重宣布，然後臉紅紅氣噗噗地將手搭在他的肩膀上。

……應該和他的臉一樣紅吧。

「好的，Tai姨。」

「不要叫阿姨，就跟Ton一樣叫我媽！」

「好的……媽。」他露出微笑看著Tai姨……喔不，是Tai媽……然後回頭看到Ton哥的帥臉也同樣露出微笑。

……Chonlathee今天真是走運！

⚓ 第 33 章

在Ton哥家Chonlathee最想看的地方是哪裡？那當然非臥室莫屬。雖然他已經看過大院宅，以及一起住的宿舍臥室了，但是在這個家裡的Ton哥臥室，卻讓他有完全不同的感覺。

寬敞、整潔，以及充分反映出了Ton哥的個性。

特大款床鋪就放在臥室的正中央，牆邊有漫畫書櫃、收藏海賊王公仔的櫃子，還有一個占了最多空間的展示櫃，裡面放著各類運動比賽所獲得的獎盃和金牌，以及頒獎的紀念照片。

「你這張有缺牙。」Chonlathee白皙的手放在透明玻璃櫃上，轉頭對靜靜走在他後面的人笑，手指指著玻璃櫃裡的某一張照片。照片裡是一個汗水淋漓的小男孩，開心地拿起獎盃露出缺牙的笑容。

「這輩子第一個獎盃。」

「那時候幾歲？」

「七歲。」

「你七歲時，我五歲……好久以前的事呢，照片都褪色了。」

「嗯。」Ton哥出聲應答，走到他身後，然後將下巴擱在頭頂上。「第一個。」

「嗯？」

「你是第一個進到我房間裡的人。」

「？」

「沒有其他人進來過，就連我同學來住我家，我都不准他們進來。」

「為什麼？」他轉身和Ton哥面對面，被對方伸手環抱住。

「私人領域，你自己看，這麼多我小時候的照片。」Ton哥維持著環抱的姿勢向前跨步，他們走路的姿勢看起來有點奇怪，有點狼狽，但是他很有信心只要Ton哥幫忙撐住他的話，就絕對不會跌倒。

「給別人看到自己小時候的樣子，會讓你覺得不好意思？」

「不是，這就是我原本的面貌……」

「怎麼說？」

「你沒有過這種經驗嗎？一個人獨處的時候會是一種面貌，和朋友在一起的時候又是另一種面貌，回到家又變成另一個人。我把臥室當作是私人的領域，這裡放著最隱密的原始面貌……所以不希望有別人看到。」

「那為什麼願意讓我進來呢？」

「因為你全都見過了……」

「嗯？」

「你見過我所有的面貌，不管是堅強的時候，脆弱的時候，發瘋、愚蠢的時候，你全部都見過了。」

「說的也是。」他點頭表示認同，抬頭看著那堅毅的下顎線。「而且每一個面貌我都喜歡。」

「那你的每一面我都看過了嗎？」

「……嗯，我也不知道，應該都看過了吧？」

「我不信，要證明一下，讓我更深入地碰觸一下你的原始面貌好不好？」Ton哥低頭附在他耳邊悄悄地說，帶著他走到房間正中央，然後雙雙一起倒在床上。

柔軟的感覺讓兩人都深陷其中，壓在身上的重量使人動彈不得。

「Tonhon，我還沒吃飯。」

「距離晚餐還有半個小時，我可以速戰速決，十分鐘就搞定。」

「這跟你能不能速戰速決沒有關係，你不是跟媽說過不會對我出手嗎？」

「看到你的襪子我就心動了。」

「你有病嗎？居然看到襪子會心動。」他開口譴責，試圖將Ton哥推開。但可能是兩人的體型差距過大，他怎麼樣都推不開，而且不只推不開，連雙手都被壓在床上。

力氣完全鬥不過對方。

「其實不是因為襪子，而是你的腿。」Chonlathee的一條腿被往上抬高，他穿著黑紅相間條紋的長筒襪，而Ton正來回撫摸著小腿肚的地方。

他真的起雞皮疙瘩了，尤其是看到某人的深邃眼眸一直盯著他的腿看時，感覺更加奇妙。他和Ton哥就好比是火和油，一旦互相靠近，很快就會燒起來。

「有套子嗎？我不想弄髒你的床。」

「有……」大個兒接著說。「就十分鐘，我會算好時間，別叫太大聲就是了。」

Ton哥的警告聽起來真是讓人心驚膽跳，話才剛說完，他整個人就被翻過去面朝下，背後的人將他扶起來呈現跪姿，讓胸部與床面平行。

一切都發生得太迅速了，Ton哥的手和嘴簡直合作無間。

一邊解開褲頭的釦子，一邊則咬起衣襬推在背上，接著他的下半身就感覺到空調吹出來的冷氣。

「只剩下襪子了……Chon你好性感，全身都是粉紅色的。」

「哥……這樣我好害羞。」他羞紅了臉，撐起身體往前爬，用手臂支撐身體的重量。當他回頭看到Ton哥解開牛仔褲，連同內褲一起脫到腳邊時，更是感覺全身的血液都沸騰了起來。

他身上冒出一陣陣的熱氣。

輕輕的吻落在臀部的嫩肉上，Ton嘴角的黑色唇釘在肌膚上滑過一小段，慢慢地一路往下到大腿，再一路至仍穿著襪子的小腿肚，繼續向下到腳底。

Chonlathee嚇一跳，腳上忽然有被輕咬的感覺，奇妙的快感直竄腦門……他的大腦一片空白，已經無法思考身體是如何被侵犯了。

他不斷地顫抖，喉嚨發出低吟聲，簡直就像TC被摸頭時的反應一樣。

「不要留下痕跡喔……」

「嗯。」

Ton哥以略微沙啞的聲音回應，手上拿著潤滑液打開瓶蓋，將黏稠的液體塗抹在入口處，同時稍微滋潤內部，為接下來必須速戰速決的十分鐘做足充分的準備。

「親我……」

「好。」

胸部被寬大的手掌扶起來，大個兒輕輕地逗弄衣服底下的蓓蕾，接著用力揉捏……。

「親……要你親……」

Chonlathee再一次提出渴求，但是Ton的手還游移在他的乳尖上，沒有要停下來的意思，只用嘴脣含住耳朵，沿著耳廓一路親吻，最後將鼻尖埋在他的臉頰上吸，過了許久才給予對方激烈熾熱的吻。

如同粗大的硬柱撞入柔軟的通道時一樣激烈。

「十分鐘，不要叫太大聲。」

「知道啦……」

他趴在枕頭上，把臉埋在枕頭裡避免洩漏出聲音，Ton

哥連一秒都不想浪費，在他適應了巨柱之後，便開始加重撞擊的力道，壓根就沒有要讓他停下來換氣的意思……。

身後的人全力衝刺，深插，猛抽，畢竟時間有限。

「啊、啊……慢一點……」巨大的快感讓Chonlathee忍不住流下淚水，無法呼吸，感覺肺部好像快要爆炸一樣，但奇怪的是他的前面卻又硬挺了起來。

他原本打算自己用手解決，不過顯然一直在後面猛力衝刺的人反應比他更快，因為他都還沒來得及碰到那裡，後面的人就已經出手緊緊握住，用和撞擊身體一樣的頻率使力地套弄。

他突然好想讓時間回到講好的十分鐘之前……那個時候應該立刻拔腿衝出房間才對。

因為這次Ton哥比平常還要更加猛烈啊！

雖然僅僅十分鐘……但質量一點都沒有縮水，如同平常一樣給好給滿！

晚餐之後，TC被Ton哥單手抱進臥室裡，大個兒告訴他，就算媽媽很愛這一隻Pomsky，但還不足以讓她願意帶進房間一起睡，於是這毛茸茸的小東西便被帶進了Ton哥的房間裡。

而且好笑的是，媽媽早就知道這隻是Pomsky了，而當Chonlathee說出Ton哥誤以為這隻是哈士奇的事給她聽時，媽媽甚至大笑，還問Ton哥說……。

「是不是媽小時候給你吃的魚太少了呢？」

所以Ton哥現在的臉才會這麼臭，一副就是想宰了這隻狗，再順便宰掉像吸了大麻一樣笑倒在地的他似的。

「我生氣了。」

「我們和好嘛。」他把小指伸到Ton哥面前，發現對方還是氣噗噗的樣子，便走過去從背後抱住。

「不要。」

「哥好香。」

「……」

「我好愛Ton哥喔。」

「別來撒嬌，不准撒嬌！」

「為什麼？」

「我好討厭你，每次都害我心軟，小心我再做一次傍晚的事。」

「我已經不行了好不好，Ton哥。再說我也不好意思讓TC在旁邊看，你看牠現在一直盯著我們抱抱，好像很疑惑一樣。」

「要不要吃狗肉？」Ton哥壓低音調，一把將他甩到床上，然後走過去把TC抱過來放在他的肚子上。

「神經喔！花那麼多錢買來的耶……哥要先洗澡，還是我先洗？」

「你先，我已經幫你準備好衣服放在浴室裡了。」

「好喔，謝謝。」他把開始往他臉上舔的TC移開，自已坐起身，再看著聰明的小狗跑去找Ton哥。「不要把狗給吃啦！」

「等你洗完澡如果沒看到TC的話，就是已經進我的肚子了，所以你要趕快洗澡。」

「你才不會吃掉牠，我要洗久一點，我喜歡洗澡。」他的嘴角上揚，挪身去掐Ton哥的臉頰，然後才準備下床。

「洗太久不好。」

「？」

「我會想你。」

「……既然你這麼說，那我洗快一點。」

Chonlathee才剛踏下床，又被大手給抓了回來，直到額頭上被厚唇蓋了印之後才又放開。大個兒還留下最後一句話引起他的好奇心。

「快一點，我有東西要給你看。」

因為Ton哥最後的那句『有東西要給他看』，所以Chonlathee今天洗澡時並沒有花太多時間。可是當他走出臥室裡的浴室後，整個偌大的房間卻只剩下TC趴在房間的角落，對著他眨眼睛。

Chonlathee拿下頭上的毛巾，並沒有將原本半濕的頭髮擦乾，他走到TC旁邊蹲下，問毛茸茸的兒子道……。

「TC，你爸呢？」

嗚……嗚……。

「被爸爸拋棄啦？」

嗚……。

「好可憐喔，不過幸好你沒有被吃掉。」

嗚……喀擦！

從後面傳來的喀擦聲絕對不會是TC的聲音，他維持著蹲低的姿勢向後轉，發現Ton哥正在用手機連接電腦列印照片。

「有個神經病在跟狗狗聊天。」虧完他之後，Ton哥便走到書桌旁從攜帶型列印機拿出照片。

「哥剛去哪？」

「我去拿列印機，過來看，剛才有人跟TC聊天的照片。」

Chonlathee湊上去看，剛從浴室走出來就吹到涼爽的冷氣，讓他不禁縮了一下身體。

「會冷？」

「我剛洗完澡。」

「那我先抱著你，不然會感冒。」

Ton哥將他的手臂拉過去，然後從後面抱緊，利用肌膚傳遞體溫。

肌膚相貼最溫暖了。

「照片呢？」

「在這裡，等一下我再用相簿收好。」2×3大小的照片被遞到面前，是他和TC的合照，只不過是從他後面拍的。

「我們也拍張合照吧，留作紀念。」他話都還沒說完，Ton哥便拿起手機用自拍鏡頭按下快門。

這張照片百分之百是醜臉，而立刻列印出來的實體照片也證實了他的猜測。

「我正在探索Chonlathee拍起來醜醜的角度。」

「才不會有，我這麼美，有人氣王的頭銜做保證喔！」

「是是是。」

「不是說有東西要給我看？」

「你先坐到床上。」Ton哥先是親一下他的頭，在往另一個方向走之前又順手撥亂他的頭髮。

他照Ton哥的意思坐到床上，看著大個兒打開櫃子的最下方，拿出了好幾本相簿。

「這裡有好多我們小時候合照的照片，都是我媽拍的。」

「我家也有。」

他移動屁股，讓Ton哥將相簿放在床上，拿起一本打開來看。

「哇，從小時候哥就很愛偷戳我的臉頰耶！」兩個小男孩的回憶畫面漸漸清晰起來，讓人想起很久以前的童年往事。

「是我教你騎腳踏車的，看這張，你還騎車載我耶！」

「我的臉好圓喔……」

「好可愛……」

「小時候？」

「每一段時期都可愛。」

不知道從什麼時候開始，Ton哥跟他靠得好近，近到都感覺得到彼此的呼吸了。他這次沒有害羞得跑掉，而是微笑著靠在Ton哥的胸膛上。

「爸媽幫我們取名字的時候，好像預見未來一樣。」

「你說Tonhon跟Chonlathee嗎？」

「領航員和海洋，怎麼看都分不開。」

「哥離不開我，那是高興還是不高興呢？」

「我有沒有抱你？」

「有。」

「互相擁抱的人當然是彼此相愛，和心愛的人在一起自然高興……結論就是我很高興跟你在一起，你呢？跟我在一起高不高興？」

「我為什麼會不高興？一直以來我就是一個海灣，希望擁抱你的一切。」

「以後不管我們去哪裡，我都要跟你一起拍照，然後把記錄著我們回憶的照片放在我房間最重要的位置。」

「所以你才會去拿攜帶型列印機吧！」當他將每一件事連起來之後便露出微笑，把放在腰上的手抱得更緊，抬頭輕吻著Ton哥的下巴。

「對啊。」

「哥可不可以告訴我，有多愛我？」

「不可以。」

「嗯？」

「太多了。」

「那就慢慢說……」

「我不擅長甜言蜜語，但比較重視行動力。」Ton哥抬起他的下巴，濕熱的雙脣吻下，讓他嘴裡彷彿都有了迷人的甜味，大腦開始模糊不清。

「總之，我比你愛我更愛你就是了。」

「怎麼可以，明明是我愛哥多過於哥愛我耶！」他不滿地頂嘴，一把將Ton哥推倒在床上，爬到對方的身上，主動搶先攻下那一雙脣瓣熱吻。

過了許久Chonlathee才鬆開嘴巴，但依然趴在對方身上沒有離去。

「不然結論就是我們的愛一樣多。」

「太過理想，但我喜歡……那就這樣吧。」他的臉上依然掛著笑容，Ton將手掌穿入他的髮絲之間輕揉，然後使力往下壓，讓兩人的嘴脣再一次碰上。

結束之後，又重新開始，讓人回想起最一開始的時候。

Chonlathee暗戀Tonhon。

Chonlathee想靠近Tonhon。

Chonlathee阻止不了自己的心。

Chonlathee非常愛Tonhon。

終於……Tonhon接受了Chonlathee的愛。

Tonhon和Chonlathee在一起。

Tonhon屬於Chonlathee。

Tonhon愛Chonlathee。

從最初開始不斷走到現在，他們一起變成了相知相伴的「Tonhon － Chonlathee」。

Chonlathee倒在寬厚的胸膛上，聽著將海洋和領航員牽絆在一起的船錨位置底下，裡面的心跳聲依舊用「愛」的節奏跳動著。

愛……愛……愛……如此而已。

特別篇　1

Tonhon Part

「恭喜Tonhon先生，因為您得到了成為管院小Chon男朋友的殊榮，也就是擁有全校一半的男生最想約會的對象，於是志工營的總召位置便屬於你了。」

「這樣也行？」我放下包包，立刻癱在課桌椅上。手錶上的指針指向下午四點多一些，事實上我才剛從最後一科的考場走出來，寫太慢了，感覺好像被考卷整了一樣。

「當然行，因為我看你不順眼，所以就幫你提名了。你也知道總召的責任很重，很少會有人想當，還有我要報復你提名我當值星官的事，巨蜥（註）！」

不知道小蜥蜥這種可愛爬蟲類的名字，是從什麼時候開始變成我的外號的，可能從我剛認識Nai的時候就開始了吧……但別說巨蜥了，只要他心情不好的時候，任何陸上爬的、水裡游的動物全部都會從他的嘴巴裡跑出來。

「可是你只當一天值星官而已。」

「親愛的Ton，我的兄弟，拜託看一下我這張臉，長得很有說服力嗎！」Nai指著自己的臉，深色眉頭都快要打結了。當時的情況真的超爆笑，原本要去活動廳裡當值星官的

譯註：巨蜥是泰文中常用來罵人的字眼。

人，結果一出場就被新生一直笑。

別說大一新生了，就連自己的同學也在笑……結果Nai最後還是被趕去活動組了，那樣還差不多，他還是比較適合瘋瘋癲癲學雞拍翅膀跳舞。

「各位同學！結果出爐，Ton說OK可以當總召，那就這麼說定了。」Nai突然做出誇張的動作，害我剛才喝的飲料差點噴出來。考試期間Nai經常會像這樣變得瘋瘋癲癲的，就像最近講的一些話。

他說他想變偽娘……想扮成溫柔的小妹妹給Ai看，但我覺得不像，比較像是紅燈區的媽媽桑。

「誰跟你OK!?」

「親愛的Ton同學，這一切都是為了工學院，為了工學院啦，所以你的第一個任務就是……找場地！」Naai突然發話，把手上的iPad放到桌上，就連畜牲In也走過來點頭表示認同。

「這麼會，你幹嘛不當？」

「我已經當工學院的會長了，還要再接別的喔？拜託放過我好不好！」

「那In咧？」

「我已經是校園先生了，不過你不用擔心，到時候我會幫你插香茅（註）的，這樣就不會下雨了。」

譯註：民間自古流傳的信仰，讓處女在地上倒插香茅，可以阻止雨神下雨。

「就憑你這種人，一定會淹大水。」我立刻回嘴，別看In這樣虔誠向佛，最壞的就是他！而且剛才說的什麼校園先生，跟總召一點屁關係都沒有。

「Nai，你愛不愛我？」

「我的老公只有Ai，拜託不要愛我，我怕怕。」Nai連腿都敬業地夾起來了，如果Ai也在這裡的話，就能有幸看到傳聞中的「吃老公豆腐」的表演。

但Ai剛好不在，被叫去買可樂。

所以說啊，挑錯老婆睡棺材，Nai討好人的功力遠不及Chonlathee的一半……。

「你的眼神……是不是在拿我跟小Chon比較？」

「好聰明唷！我只是在想自己比Ai幸運，至少老婆不是你。」

「我也比Chon幸運，至少我老公不是你。」

嗚！Nai這張嘴，把他反擊得好痛啊！

「我想提出休戰協議。」我把手伸向Nai，而他也毫不猶豫地握住我的手說……。

「非常好，我的好兄弟，剛才說的話絕對不會傳到Ai和Chon的耳朵裡，結論就是我們倆有極佳的戀愛運！」

「Deal！」

趁Aiyares同學回來之前兩人立刻放開手，不久後便傳來其他十幾位剛交卷的同學的吵雜聲。

而剛才的結論的結論的結論就是……我必須接下夏季

志工營的總召一職，還要進行募款，至於款項的用途就看偏鄉學校有什麼需求，看是要蓋教室還是做什麼吧！

志工營其實滿好玩的，我每年都會參加，所以辦一個志工營應該不成問題……才對？

「Chon會不會去？」回來的Ai用手肘撞我的手臂，隨口問道。

「志工營很辛苦，我不想讓他去。」

「為什麼不先問問他的想法，不然又要像同學會那次一樣鬧出誤會。」

「那我還是問一下好了，Chon生氣起來超恐怖的，我不想冒生命危險。」我點頭認同Ai的意見，這一位可是我和Chon能維持感情關係的大恩人，至於Nai則是建議我上Pantip爬文找給戀人驚喜的方法。

而我的戀情到現在都還是一直維持著甜甜蜜蜜的，一帆風順。

你以為是因為相信好友的建議嗎？

才怪，反正有事沒事把人撲倒就能解決矛盾，This is Tonhonstyle!

「怕老婆的人請退群！」是Nai的吼聲，搞得教室內其他約好來開會的同學都同時轉過頭來。但我還沒來得及開口，In便搶先發話道……。

「媽的，我第一個退群！」

「唉唷，Intha，我不是故意在說你啦，我是在虧臭

Ton，但是現在我已經知道誰是最怕老婆的人了，所以求求你不要跟我們斷交好不好……要是群組解散的話，就沒有人要當我朋友啦！嗶——！」

很抱歉最後那幾個字必須打碼，因為太髒了，會過不了審查……。

我重重地嘆了口氣，一一檢視著好友名單，如果我們這一群解散的話，就真的沒有人可以當朋友了！

我愛兄弟，我愛群體，特別是Nai還幫忙列了辦營隊所需的清單給我。

好吧！今年的志工營，Ton哥一定搞定！

「去啊，反正暑假我也沒事。」

這就是Chon聽到我問要不要一起出營隊之後的答案。

穿著比自己體型大好幾碼的衣服的男孩子立刻答應，其實那一件是我的衣服，他還用小巧的手把瀏海抓在頭頂上。

好可愛，好喜歡他這樣把瀏海抓在頭上的樣子，還戴著眼鏡……。

「Ton哥……幫我拿髮圈。」

「你要彩虹小馬，還是獨角獸？」我站在梳妝台前，打開專屬於Chonlathee的小抽屜，但什麼都還沒拿，因為不知道Chon想要哪一個。

「Ton哥會拿對嗎？現在分得出來啦？」

「少瞧不起我，人總會進步的好嗎！」我挑著眉挑釁，還露出一臉驕傲的笑容。

……但我忘記了Chon很喜歡整人，非常喜歡整他，而且還會裝作一副若無其事的樣子。

「那我要Kiki & Lala。」

「……那個又是什麼？」我咬住嘴脣不讓髒話漏出去，坐在那邊看書的人是Chonlathee，不是臭Nai，所以我不會用太髒的字眼。

「呵！隨便拿一條吧，我都可以用。」

我對著寶貝燦笑，再一次轉身面向梳妝台，隨便拿起一條髮圈，嘴巴無聲地念念有詞。

「哥，那邊有鏡子，我看得到你嘴巴在碎念。」

「我在學In念經。」

「瞎掰一堆……」Chon聲音帶笑，但沒有再說什麼。

他就是這樣，不太會為小事情不高興。

真可愛……我讚美自己男朋友幾次啦？

我拿起一個獨角獸髮圈給Chon綁瀏海，我挑的是一個彩虹色的馬，因為那是我少數認得的角色之一。

寶貝還沒考完，拿到髮圈之後就低頭繼續看書。

「還剩幾科？」

「兩科，後天就考完了，為什麼問這個？」

「我要去看當作營隊場地的學校，可能要過夜……想帶你一起去。」

「好啊，等我考完。」

「出營隊會滿辛苦的喔，可能會連手機訊號都沒有。」

「好。」

「還要拿著箱子募款。」

「好……」

「你確定可以嗎？我不想讓你去受苦受難。」

Chon拿在手上轉的原子筆突然停下，精巧的臉蛋回頭和我四目相交。

我有沒有講過我有多喜歡他的眼睛？而現在這一雙大眼睛正在施咒讓我無法動彈。

「我去了會不會變成累贅？」

「不會，我只是不想看到你那麼辛苦。」

「去的人那麼多，又不只有我辛苦，哥不用那麼擔心我啦。再說大學生涯只有一次，我也想盡情地去享受它。退一步說就算這次你沒有找我一起去，學校也還有活動學分要累積，所以我還是得去參加其他營隊。」

「那跟我去就好。」

「這是一定的啊！」

「過來，帶著書一起來我這邊。」我坐在床上，以半躺的姿勢背靠在床頭上，拍拍大腿示意Chon過來靠在我身上。

「Ton哥常罵Nai哥老愛黏著Ai哥，你自己還不是一樣老愛黏著我。」

「現在我沒有這樣罵他了好不好，誰叫我這麼愛你……我想時時刻刻都跟你在一起，不行嗎？」

「我說什麼了嗎，這不就過來找你了？」Chon爬上床，細腿才動了幾下就讓整個身體靠在我的胸膛上，我馬上抱緊處理。

誰叫他這麼可愛，說著我就想再親一下額頭……獨角獸你閃開，我要親一下我家寶貝。

「我的北鼻最可愛了！」

「比鼻安靜一點，人家要看書。」

懷裡的小不點回頭訓斥了一下，我原本還想繼續講幾句話，只好閉上嘴巴吞回去。

小不點要看書了，我要尊重他……是尊重，不是怕喔！

我有個同學非常會看地圖，而且還安排好天衣無縫的旅遊行程，但奇怪的是，不知道為什麼他老是像個路癡一樣迷路……我在說的就是臭Nai。但說歸說，要不是有他來幫忙找地點的話，我自己處理可能會花兩個星期才搞得定。

Lexus ES350依舊沿著長長的公路向前駛，開在前方的車是Aiyares的BMW X5，而後方是In和Naai一起搭乘的Isuzu MU7。

猜猜看誰的車最狀況外？

我要哭了，這次回家叫我媽買一輛越野系休旅車好了。

睡在副駕駛座上的小不點一個翻身，讓我原本聚焦在道路上的視線轉向他。陽光穿過車窗灑在Chon身上，讓他的肌膚看起來呈現柔和的橙色。

「快到了嗎？」

「還沒，你可以繼續睡，應該還滿久的。」我伸手幫Chon把被子蓋好，他緩緩睜開大眼睛，慢慢起身望向窗外。

「Nai哥好會找地方喔！」

「對啊。」我毫無遲疑地回答。Nai把適合帶志工團過去幫忙的偏鄉學校列成一張名單，每一間真的都超級偏鄉，名單上原本有十幾間學校，刪到最後只剩下一間，也就是現在他們正在前往的目的地。「偏僻到幾乎快到國界了吧，Nai還說那邊連手機訊號都沒有，現在想想幸好Chon有一起來，不然想死我了！」

「如果聯絡不到Ton哥我也會擔心……其實不管你去哪裡我都想跟你去，只是不知道你想不想讓我一起去就是了。」Chon的聲音沙啞，聽得出來口乾舌燥，但他還是拆開了一包零食。

睡飽吃，吃飽睡……你問我敢不敢直接講出來？當然不！

「餵我！我在開車手沒空，可是我餓了。」

「你們場勘完之後會繼續去玩嗎？」Chon把一大片洋芋片遞到嘴邊，我咬住之後大口咀嚼，使得整輛車現在都是咀嚼洋芋片的清脆聲響。

「我跟他們每年暑假都會出去玩，今年因為剛好要出營隊，所以乾脆就趁工作完之後順便旅行。」

「好好喔，你跟你同學都可以一起約出去玩，不像我跟同學約好之後，一次都沒有成行過。」

「為什麼？」

「同學都黏著老公，我也是。」

聽到Chon講「老公」每次都讓我起雞皮疙瘩，不過久久才會聽到一次Chon用這種讓人心癢癢的說法。

這個稱呼我喜歡……！

「那就改跟男朋友出去玩囉！」

「Tonhon怎麼突然說話變得好有禮貌？平常你跟我講話都三句不離髒字耶……害我都慢慢受影響了。」

「是我害的？」一隻手放開方向盤，指尖指向自己的胸口。

「對啊，不然我學給你聽聽看……是怎樣蛤Ton，不爽單挑啊！」

「開始沒大沒小囉！」開了太久的車有點腰痠背痛，我稍微調整坐姿，然後伸手去撥弄像TC的毛一樣柔軟的頭髮……「不然這樣，我們來玩新禮貌運動，誰先講髒話就罰一百。」

「好啊，沒問題。可是Ton哥確定In哥不會以為你卡到陰？」

「去你媽的！」

「啊哈……一百進帳。」

「嘿，還沒開始啦！」我出聲抗議，看著Chon的手掌攤在面前……看來這個遊戲我虧大了。

「已經開始了，連稱呼自己的代名詞也不可以用蘭甘亨時代的喔！」

「好啦。」

說完最後一句之後，車子繼續向前行駛，但車裡的氣氛突然變得很安靜……或許只有我自己很安靜，因為我怕又講出髒字，至於Chon則是拚命想找話題聊天。

「Tonhon，車好像開太快囉！」

「好，我會開慢一點。」

「Tonhon，今天要跟你同學一起睡對吧？」

「對……」

「Tonhon，你覺得Nai哥會跑過來跟我一起睡嗎？」

「我會扁他！他媽的想都別想跟你睡在一起！」

「兩百，現在累計兩百了。」

Chon發出的嘻笑聲讓我感到有點不耐煩，但是當我轉頭看到他甜蜜的笑容時，肚子裡的怒火又瞬間被澆熄了。

「兩百就兩百，當作是給比鼻的零用錢吧，幾十萬我都可以給。」

「你每次都這麼誇張！」

「誰叫我愛你。」我捏著Chon軟嫩的臉頰，他拍掉我的手揉著臉，看起來應該是滿痛的。我忍不住笑著說：「你真的太可愛了啦，害我好想在車上做喔，想不想試試看？今晚趁我同學都睡著之後，我們偷偷溜出來到車上幽會，讓山脈和星星當證人，我跟你就在大自然的見證之下相愛。」

「Tonhon……你每次都這麼色！」

轎車又繼續開了約莫一個小時，道路兩旁的景色從原本時不時出現住宅和商店，變成很久才會出現一間房子，最後Nai終於帶路找到了學校。這所學校連招牌都是用木板做的，但是到達這裡的路況還不算太差。

車子停在廣場上，下車的時候讓人很想把身上的衣服通通脫掉……熱得要命！這簡直就像是地獄營的行前場勘吧！

「Chon，把帽子戴上，太陽超大的。」

「好！」他聽話地拿出乞丐帽戴上。

雖然戴的是乞丐帽，不過Chon本來就可愛，因此不管戴什麼都可愛。

「Ton，這位是校長。」Nai把正在和他親切說話的伯伯介紹給我，我雙手合十敬拜，又瞄了Chon一次，才走到那兩人的位置加入談話。

「你就是總召？」

「是的，我們想在這裡舉辦志工營，請問您這邊方不方便？」我一邊正式開始交涉，一邊掃視這個地方的樣貌。

「不只方便，我也很高興你們願意千里迢迢從曼谷來到這裡……這裡的孩子很希望能再增添一間教室，因為目前只有一間而已，就在那裡。」校長指向一間四方形的木造建築物，建築僅用木板簡單搭建而成，四面為開放式的設計，沒有牆壁，只有用來遮陽避雨的屋頂而已。

「你們開車過來都累了吧，先進去喝個水休息一下。」

一行人跟著校長走，看到一群小朋友爭先恐後地探頭出來，好奇地看著他們。

「小孩人數還滿多的。」

「都是附近農民的小孩啦，自從這裡出現學校以後，大家就開始想送孩子過來上學。只是我們還很缺老師，這個地方太偏僻了，沒什麼老師願意來這裡教學。」

我聽了校長的話之後點點頭，突然有個想法浮現在腦袋中。

「如果我們的營隊下個月過來，學校還沒有放假吧？」

「還沒，不過並不會影響上課，你們不必擔心。」

「是這樣的……我是在想如果還缺老師的話，我們在這裡舉辦志工營的時候，我想組一個志工老師團來幫大家上課，請問這個想法可行嗎？我還打算募集一些書籍來給小朋友做一個圖書室，預計會在這裡紮營約兩個星期。」

校長沉默了一會，終於點頭答應。

「可以，不過你叫什麼名字？」

「呃……我叫Ton，本名是Tonhon。」突然想到自己忘記自我介紹了，我馬上彬彬有禮地回答。

「你這孩子做事很認真實在喔，長得也不錯……我有一個女兒，可惜她還太小了，不然就讓你娶回家。」校長邊說邊笑，但我的背脊突然出現了一股冷意，而且腰部有一點刺痛感，好像被誰掐住了……。

不是好像，根本就是Chon正用力捏著我的腰部，看來明天一定會瘀青。

「校長，我已經不是單身人士了啦，而且另一半超凶的。」我一邊說一邊閃過準備再捏一次的小手，Chon的臉上寫著大大的「不爽」兩個字，要不是校長繼續接話的話，看來馬上就會出大事了。

「我女兒也才五歲而已，剛剛是開玩笑的啦！」

「唉唷，我差一點就要被家暴了。」我尷尬地笑著，看到Nai跟在校長後面繼續接棒談話，我轉身看著Chon，用手揉弄大醋桶的頭。

「五歲而已……你一定會坐牢。」

「我已經有你了，根本不會把別人放在眼裡。」

「算了……話說我還是第一次看到你這麼認真投入的樣子，滿帥的。」

「什麼？」

「我的北鼻看起來好酷喔，我的北鼻最棒了。」

等到我聽懂Chon想要表達的意思之後，胸口便突然出現一股暖流，有什麼事比男友稱讚自己更讓人感到幸福的呢！而我的男友顯然稱讚完後自己也害羞起來，立刻要落跑回車上。

「Chon寶貝，最棒的北鼻的禮物呢？我要獎賞！」

「沒有喔！」

「一定有的，不然把Chon打上蝴蝶結送我也可以。」

「我以後都不要說Ton哥最棒了……因為你根本就是最色的！」

我開心地哈哈大笑，看著小不點害羞地轉身往另一個方向走去。我真的不是故意要講這麼曖昧的話，可是每次看到Chon都會忍不住鬧他兩句。

至於關於我色色的指控嘛……就保留讓我和Chon自己知道就好囉！

Tonhon是領航員，但是現在的Tonhon是敘述者，要我怎麼形容今晚我們睡覺的地方好咧，每次讓Nai挑選地點都會變成這樣……。

「這小木屋超級破爛的……萬一踩得太用力的話，地板會不會破一個坑？」Ai替我說出了心裡話。現在在我眼前的是一間兩層樓的小木屋，廁所蓋在一樓的外面，不知道Nai是從哪裡找到這種地方的。

「你家也是木造地板，少在這邊一副少爺模樣東挑西揀的！」

「我家用的是柚木，而且我也沒有一副少爺模樣，你好歹也顧慮一下我的家族姓氏找個民宿……回去我要跟Nan王爺告狀，說你帶我來受苦受難！」

「噓……嘖嘖，北鼻不要告狀好不好……」Nai用手碰觸Ai的嘴脣，踮起腳尖做出撒嬌的欠扁模樣，不過在Ai眼裡應該是覺得很可愛吧……因為剛才還擺著臭臉的人突然就微笑起來，看來他說要跟乾爹告狀應該只是嚇嚇Nai而已。

「哼！」Ai笑出來之後，就當第一個踩上樓梯的人。腳下的木板發出咿呀聲，搞得沒睡過木屋的我開始感到忐忑不安。

我怕木板會突然斷裂，怕柱子會滲出油（註），總之就是怕鬼啦！

「Chon你可以嗎？」我轉身問身邊的人，看到他的眼睛正在綻放光芒。其實不說我也知道，這小不點雖然看起來柔柔弱弱的，又喜歡毛茸茸的小東西，但不代表他一定是個軟弱挑剔的人。

「這又沒什麼，我們快一點上去吧，好想趕快洗澡睡覺。」……但我也沒想到Chon會如此堅強，明明木屋周圍不斷傳來一陣陣嘟給的叫聲，他都不會害怕得想衝進我懷裡一下嘛！

Chon常常說自己是蜜糖女孩，搞得連Nai都想跟著模

譯註：民間的習俗信仰，如果木頭無端滲油的話，表示裡面有鬼神居住。

仿……但事實上Chon根本超MAN的！反而是我聽到嘟給的交響樂，嚇得想尖叫跳進他的懷裡。

外面的嘟給好像是大家庭一般，有爸爸媽媽、阿公阿嬤、子子孫孫多代同堂……好吧，你們愛叫就叫吧，但拜託幫幫忙不要現身就好，否則……我真的會尖叫給你們看喔!!

「Ton哥，你還站在那裡做什麼？快上來吧！」

「是是，馬上上去。」被嘟給交響樂搞得魂不守舍之後，我趕緊喚醒自己的理智，踩上會發出咿呀聲的樓梯進屋裡去。

「我是想說在正式出營隊之前，先帶你們來習慣一下苦日子嘛！」

「聽起來很有道理呢，Nai……我呸！」

「Naai，不要一直罵我，這樣我都不知該從何開始反省起了。」

「睡覺的位置要怎麼安排？」當我看到排列整齊的睡墊之後便開口問，地上有六張個人睡墊，每個人都有枕頭和被子。

晚上的氣溫和白天根本是兩回事，這麼薄的被子是能蓋多暖？

「排排睡吧！Naai喜歡靠牆壁，所以你睡這裡，然後依序是Ai、我、Chon、Ton，最後是In。」

「為什麼你睡在Chon旁邊？」我壓低音調，而Ai則用手臂鎖住他的喉嚨。

「人家想這樣睡嘛！」

「親愛的，我再給你一次機會重新好好排列，來！」

「嗚呼，你對人家好壞喔！不然這樣吧，Naai少爺還是靠著牆壁睡，然後新的順序是Intha先生、Aiyares同學、Chen Nai大帥哥、Tonhon少爺，最後是Chonlathee小朋友，這樣安排如何？」

「YEAH！」

在Ai也沒有其他意見之後，床位的安排總算結束了。我看著Chon爬上睡墊，拿出換洗衣服之後，回頭對我眨眼說……。

「我想洗澡了。」

「好啊，我陪你下去。」

樓下廁所裡只靠一顆小燈泡照明，根本無法抵擋夜晚的黑暗，那微弱的光線頂多只能照出東西的輪廓罷了。

「Ton哥直接帶衣服去洗澡吧，不然愈晚的話氣溫只會更冷喔！」

「好啊。」我同意小不點的提議，也從包包裡翻出自己的換洗衣服。氣溫就如Chon說的一樣變得更冷了，加上這間屋子相當寬敞，每當有風吹進來時，體感溫度簡直冷到骨子裡。

如果走路會發出咿呀聲的事情不算的話，說真的這一間房子也不算太糟，因為不只乾淨整潔，就連能滿足基本需求的設施都一應俱全。

當我準備好盥洗物品之後，便對著Chon點頭示意，側身讓小不點先走過去。此時Intha突然叫住我，讓原本要跟著小不點下去的我停下腳步。

「Ton。」

「怎麼了？」

「剛才我去上廁所，看到樓下的柱子滲出油……」他只說到這裡而已，但我的腿已經僵硬了。

光是嘟給交響樂團就已經讓我覺得人生好難了，居然還真的碰到柱子滲油……他媽的！

「Ton哥，你還要站在那裡多久？不然我先下去囉！」

「Chon！等等我!!」聽到Chon冷靜的聲音之後我才回過神來。此時小不點已經下樓了，完全不把柱子滲油的事放在心上。

看來我應該不用擔心Chon會不會辛苦了……應該先擔心此刻的自己吧！因為當廁所門關上之後，周圍瞬間陷入一片寂靜，只剩下我一個人孤伶伶地站著。

樓上時不時地傳來一些聲音，而廁所外面的冰涼空氣根本不是在開玩笑的。現在我的面前就有一根柱子，但我甚至不敢走過去細看是否如Intha所說的那樣會滲油。

我常常被同學欺負，因為我平常老是先欺負他們……。

嘟給!!

「靠杯！」

我嚇了一大跳，甚至罵出髒話，瞬間感覺到自己的喉嚨變得好乾，連吞口水的時候都能感覺到喉結慢慢地上下滑動。

「Ton哥，你怎麼了？」廁所的門打開了，Chon睜大眼睛看著我，他已經脫掉上衣了，而我製造的痕跡仍清楚留在白皙的皮膚上。

「我被嘟給的聲音嚇到了……」

「In哥說柱子滲油的事，也把你嚇到了吧？」

「也有。」我不好意思地承認了，但Chon並沒有調侃我，反而用浴巾圍著身體走出來，走到我剛才一直盯著看的柱子那。

「你被In哥耍了啦，根本什麼都沒有。」

「……那個王八蛋！」

「那我可以洗澡了嗎？」Chon的手指指向廁所內，揚起眉毛問我有沒有好一點了。

「可不可以一起洗？」

「？」

「我發誓，我什麼都不會做……我只是……不想一個人站在外面等。」

「？」

「好不好比鼻，可憐可憐Ton哥，Ton哥今天膽子小。」我用手指戳戳柔嫩的臉頰，加上抿嘴撒嬌，然後才得到點頭同意的答案。

「不准動手喔！」

「嗯！」

我露出開心的笑容，連自己都感覺得到嘴角的唇釘在動，然後跟著Chon走進廁所裡……。

現在就只有我們兩個了，可以碰一下嗎……？

呵！呵！呵！

在廁所裡吃Chon豆腐似乎不是件好事，因為除了背上會多好幾片掌印之外，現在他還正在用In的方式對我展開復仇。

他在講鬼故事……。

想知道有多恐怖嗎？看看Nai用棉被蓋頭躲在Ai的背後就知道了，他比我還更怕鬼！

「那一天我剛參加完喪禮，大概晚上十一點吧，我媽媽說她睏了想睡，所以讓我開車載她一起回家。事情就發生在一個十字路口，當時整條路上好像只剩下我那一輛車。」

「可不可以不要再講了？」我移動屁股靠近小不點，把臉埋在肩膀上輕輕地吻他，而Chon好像心軟了，打算就此打住。

「繼續講繼續講，我想知道後面發生什麼。」……但是喜歡聽鬼故事的In卻要求繼續往下說，甚至伸出手搖晃Chon的腿。

Intha喜歡一切關於神祕事件的東西，甚至還曾經發神經想盡辦法要讓自己看得到鬼……但如果問他這輩子有沒有如願見過鬼呢……答案當然是沒有。

而Naai則是在留下最後一句話罵完他之後，便到樓下和女朋友講電話去了。

「好歹也是念理工科的，不要這麼迷信！」

人家會怕嘛，不然要怎麼辦啦！

「Chon，快點，快繼續講！」剛才一直安靜不說話的Ai開口催促，看不出來他到底怕不怕，但我可以確定的是他很滿意Nai現在窩在他身上的樣子……。

「開長途夜車很累對不對，遇到比較久的紅燈時，我就乾脆調整座椅稍微躺下來休息……結果才過一會就聽到有人敲車窗的聲音，我往上一看，發現是一個賣花圈的小孩。」

「晚上十一點？」

「對啊，但我只看到花圈，沒看到敲車窗的人，當我正打算起來看一下一直敲車窗敲個不停的人到底長什麼樣子的時候，後面的車就按我喇叭，提醒我已經轉綠燈了。」

「所以到底是不是鬼？」

「我也不知道，但是隔天早上我回去檢查那一輛車的時候，在駕駛座的車窗上發現了指印……而且是血印。」

「睡吧！我不行了！」我單手抱住Chon的腰，把瘦小的小不點拎起來，但是不敢像在家裡一樣把他丟到睡墊上，因為這墊子看起來很薄，會讓小不點受傷，於是我輕輕地把Chon放在睡墊上，再用被子包裹住我們兩個。

我把小不點拉過來緊緊抱住，把頭壓在我的胸膛上。

「對啊！睡覺吧，我也撐不住了。In去關燈！老公，我們快來抱著睡吧，好冷喔！」

Nai使喚In之後，房間的燈便暗下來，過一會兒我聽到Naai走路回來發出的咿呀聲，不久後整個小屋便陷入了寧靜之中。

Chon的拇指輕輕地摩擦我的手背，讓我發現他還沒睡著，當我的眼睛適應了黑暗之後，便看到一雙大眼睛正看著我露出微笑。

Chon應該已經氣消了吧，因為他吻在我的下巴上，而我也沒說什麼，只是抬起精巧的小下巴吻下去，想說其他人應該都已經睡死了吧。

「老公，我想尿尿。」

「自己去……」

「陪我去啦。」說話的人用的是非常微弱的氣音，看來不希望打擾到別人。

「What will I get in return?」(對我有什麼好處？)

「……Whatever you want.」(你想要什麼都可以。)

「Are you sure?」(確定？)

「嗯……」

聽到的最後一句，是Nai拉長了聲音答應Ai，接著就是悄悄地踩在地板上的咿呀聲。

「我好像害到Nai哥了。」

「你覺得Ai會做什麼？」

「吃掉Nai哥……」

「那我們可以睡了！」

「等他們回來還要很久嗎？」Chon好奇地忍不住用氣音問，搞得我也要悄悄地阻止他。

「比鼻該睡了，不睡的話，你會像Nai一樣連睡都不能睡！」

「……好的，我愛你喔！」

小巧的舌尖不斷地在我的下唇逗弄著，逼著我張開嘴巴，因為他一直想用舌尖鑽進來亂竄，把我搞得腦袋一片空白……真的好想像我剛才的恐嚇一樣，讓他不能睡覺！

「你給我小心一點！」

「誰說我怕你啦！」

特別篇 2

Chonlathee Part

斗大的汗珠沿著側臉流下，差一點點就要流到下巴了，要不是有一根修長的手指早一步幫忙撥掉的話。我抬頭看著站在面前的人，他擁有一雙夜色的深邃眼眸，眉毛和嘴角上都有著顯眼的眉釘和唇釘，讓這深邃的五官顯得更粗曠野蠻。

「累了就先去休息，你從早上就一直站在這裡……募款金額已經夠了，不用你罰站了。」Ton哥像是沒好氣地手插腰站著，已經是第三次還第四次來叫他休息了，看來如果再不休息的話，回去一定會大吵一架。

「其實我還不累。」我把募款箱放在大木桌上，跟在大個兒的背後走，鼻子聞到淡淡的尼古丁味，「你抽菸？」

「嗯，醒醒腦。」

「為什麼不去睡覺！」

「工作做不完啊，而且昨晚還開會到很晚。」Ton哥一邊解釋一邊用力摸我的後頸。我發現他的眼下已經浮現了黑眼圈，而且臉頰還瘦下去了，但也只能嘆口氣說……。

「自己叫我休息，你也要休息啊！營隊明天就要開始了，萬一現在生病的話就不好了。」我知道他是這次的總召，所以工作量勢必會比其他人重很多。不過沒想到眼前這個平常笨笨的大個兒，一旦認真工作起來還滿吸引人的。

真的好酷，我又再度愛上Ton哥了……。

「那讓我在你腿上瞇一下。」

「哥最近很愛撒嬌喔！」

「因為撒嬌了會有人寵，所以才想要常常撒嬌。」我被拉到一張長板凳坐下，背靠在椅背上，突然間大腿就變成了某人的枕頭。

Ton哥閉上眼睛表情放鬆，而且還把臉埋進我的肚子，毫不避諱走來走去的人潮。

「Ton哥好像TC唷。」

「是TC學我！」

「你要睡了嗎？」

「半小時後叫醒我。」

「好……」我靜靜地應答，用手輕輕地撥弄對方柔軟的頭髮。

「謝謝你。」

「謝我什麼？」

「你來幫我做事，都沒有半句怨言。」

因為低頭和大個兒講話的關係，我用手扶著快要往下滑落的眼鏡。在聽到他提起抱怨時不禁皺起眉頭，根本就沒有需要抱怨的事情啊。

「我又沒有累到，你才是最累的人。」

「最近我比較沒有空，你不會生氣吧？」

「哥在擔心？」

「嗯。」

最近Ton哥比較少回宿舍，有時候天快亮了才回來，尤其是上個星期，我們兩人說話的次數屈指可數。

「可是我是因為有空，所以才會來幫忙啊，有時候幫你拿箱子募款，有時候幫忙做牌子上漆……其實我也有看到你真的都在忙進忙出，我才想問你會不會嫌我礙手礙腳的呢。」

「不會，頂多耽誤工作進度。」

「怎麼說？」

「你害我又吃醋了，一直盯著你看。」

「幹嘛吃醋啦，你明明很清楚，我的心早就完全屬於你了。」

「我知道，但還是忍不住擔心。」Ton哥的聲音愈來愈小，原本緊皺的眉頭漸漸鬆開，不久之後便出現規律的呼吸聲，從胸口起伏的頻率可以知道大個兒已經睡著了。

我抬起手腕看時間，算好半小時之後再叫醒大個兒繼續做事……對於Ton哥沒時間的事，其實我並不會想太多，不過等營隊結束之後，我一定會霸占Ton哥全部的時間的！

我今年十八歲，過幾個月即將邁入十九歲，但是搭遊覽車卻還是個令人驚奇又興奮的初體驗。

第一天出營隊，我們從天亮之前就開始忙進忙出，昨晚

Ton哥沒有回宿舍睡覺，而我也在工學院幫忙大個兒做事。

結論就是我們兩個都沒睡到，但第一次坐遊覽車讓我興奮到無法入睡，至於臭Ton哥，早就倒在我的腿上呼呼大睡了。

我相當意外來參加志工營的人竟然這麼多，Nai哥說是因為我的關係……不知道是不是真的。不過Nai哥和Ai哥真的好強，他們兩個昨晚也沒睡，但還是堅持要自己開車前往，理由是萬一有緊急狀況的話，至少有一輛備用轎車……Nai哥有時候也出人意料地謹慎嘛！

「Chon學弟。」一個女聲輕輕地呼喚，正在看著窗外的我回頭尋找聲音的來源，發現是忘了哪個學院的學姐，隱約有個印象她好像是什麼粉專的小編……。

「是？」

「請問可以拍照嗎？我想貼在粉專上。」

「呃……現在這個姿勢可以嗎？」我跟對方確認著，因為肚子上有個大個兒在睡覺。

「可以啊，可以把Ton哥一起拍進去嗎？」

「可是他在睡覺。」

「那請問Ton哥已經還你錢了嗎？」

「呃……都還了。」我笑得有點尷尬，想起選拔那一天的問答就有點害羞，那天之後還被人調侃了好一陣子……不過Ton哥並沒有放在心上，所以我也一樣沒有把這件事放在心上。

「那我要拍囉，笑得開心一點。」

我笑著把頭轉到自認為最好看的角度，但學姐都還沒來得及按下快門，本來在睡覺的人就突然伸出手擋在我的臉前面。

「妳少在那邊拍照，我躺在這邊睡覺時說不定會流口水，不准拍。」

「又不會拍到你。」

「當然要拍到我啊，這樣貼粉專的時候別人才會知道Chon已經有我了。」Ton哥摸著自己的臉頰，仍然一副沒睡醒的樣子。

「吼，Ton哥，現在全校都已經知道Chon是你的男朋友啦，你這麼凶誰敢碰！」

「不行……他是我的。」

「所以我可以拍照了沒？」學姐站在搖晃的遊覽車上，只抓著前座的椅背保持平衡，被Ton哥拒絕拍照時露出不悅的表情。

「等一下，我還在暈。」

「暈車還是可以拍啦，你這麼帥……再說車子一直在搖晃，我都快吐了啦！」

「妳到底是來出營隊，還是來找Chon拍照的？」

「當然是後者，說真的，你們真的有夠難找的！」

「說的也是……」Ton哥點頭同意，然後一把將我抱過去臉貼臉，「來，拍吧！」

「好刺眼喔。」

「那當然。」某人臉不紅氣不喘地回答，甚至還笑得很燦爛，炫耀的意味十足。

「拍好了，謝謝學長。」

「貼文要寫『Tonhon－Chonlathee』喔！這是賣點。」趁學姐還沒離開之前，Ton哥抓住對方的衣襬，特別交代這個超丟臉的標題，惹得對方回嘴說——

「我快被學長煩死了。」

「幹嘛！」

「這麼愛炫耀老婆。」

「誰叫人家的比鼻最可愛惹！」說完Ton哥又再一次不管眾目睽睽之下，把我拉過去又摟又抱，一下親在頭頂上，一下抱著我秀恩愛。

「Tonhon，這麼多人在看！」

「抱抱而已嘛。」

「哥，我問你，我哪裡難找呀？」

「因為我捨不得你。」

「聽不懂，什麼意思？」

「因為我把你藏起來了。」

我還是聽不懂Ton哥所說的意思，但是當我的眉頭皺得更緊時，大個兒又突然笑出來：「不用想了，總之就是我很會玩捉迷藏，很會藏，也很會找！」

他說完之後……結果我還是一直在想這件事。

關於Ton哥說的捉迷藏之謎，等到我仔細觀察之後才發現是怎麼回事。像臭Ton哥這種不叫很會玩捉迷藏，而是靠著眼明、手快、腿長的優勢才得以占上風。

舉個例子，有一次我正要去幫學姐搬一塊木板，突然就被拉到一個牆角躲起來，熟悉的觸感讓我馬上就發現是Ton哥。

因為常常要爬上屋頂的關係，大個兒幾乎整天都打著赤膊露出肌肉，這讓他的膚色變得更深了一些……不過胸口的船錨刺青仍舊有著一股魅力，吸引眾人的目光。我發現有很多女生會偷偷看Ton哥，這讓我思索著，我們應該要好好談談這件事情。

「你好像很喜歡把我藏起來。」

「我只是帶你過來聊聊天。」

「不對，你是故意把我藏起來，你說的捉迷藏，其實就是帶我到沒人的地方藏起來。」我說道。Ton哥真的很常這樣做，不只在這個志工營裡而已，就連在學校裡也這樣。

「終於被抓包了。」看吧，他笑著承認。

Ton哥全身汗水淋漓，黏膩的觸感並沒有讓我感到嫌惡，就連下午的古龍水味都仍舊讓我著迷不已。

「你現在有空啦？居然還可以把我抓到沒人的地方，剛才看你像猴子一樣一直待在屋頂上。」

「是沒空，但是你今天被太多人看了，所以我要把你藏起來才行。」

「哪能跟你打赤膊相比啊，一點都不帥咧！」

「咦？你在不高興什麼？」

「哪有！」聲音不小心飆太高了……好嘛不然我承認，Ton哥一直被人盯著看是讓我很不高興，但我不知道自己為什麼會這樣否認。

「真不公平，有人看我的時候，你可以把我藏起來，但是你被人看的時候我卻無能為力。」

「OK，我懂了，那我馬上去穿衣服，因為我男朋友不喜歡我被看。」

「你少在那邊笑！」

「因為忍不住嘛，我好高興，你終於會為我吃醋了！」

我安靜不說話，努力裝凶瞪著Ton哥。

「我滿常吃醋的，只是不想說出來而已。但是最近我比較常吃醋，是因為你沒空理我，而且我們比較少說到話的關係。」

「我哪裡不理你了，我承認最近是比較少跟你說到話沒錯，但是你一直都在我的視線裡！」

「我不管，等營隊結束之後，我要霸占你三天三夜！」

「等營隊結束還有那麼多天！」Ton哥用手指數著天數，然後彎腰貼到我耳邊悄悄地說：「我根本就等不了那麼久……已經超想抱你了！」

「人那麼多……」

「我們來玩捉迷藏好不好？躲起來不讓別人找到……就我們兩個自己找地方躲起來。」粗糙的大拇指撫在我的臉上，看來那些粗活讓Ton哥的手變得更粗糙了。

「就算我拒絕，你還是會拖著我走吧。」

「我只是想找你一起去散個步嘛。」

「那好吧，你知道的，我從來都不會拒絕你。」

Ton哥笑得更開心了，在臉頰上落下一道輕柔的吻，讓我也跟著露出開心的笑容。

當我發現自己正在和周遭的視線玩捉迷藏後，開始對大個兒的碰觸變得更加敏感了。

「我先付訂金，得先回去做事了，要是被Naai抓到我偷溜出來的話又要罵我了。」

「Ton哥……」

「嗯？」

「我也要付訂金。」我踮起腳尖，先親在下巴上，接著用雙臂鎖住Ton哥的脖子往下勾，親在對方的嘴上許久，直到沒氣了才肯鬆手。

「晚上見，比鼻。」

快等不及夜幕低垂改變天空的顏色了，雖然我的工作只要簡單上油漆就好，但視線總是忍不住瞄向新建教室的屋頂上。

新教室和舊教室的造型差不多，下方用木板簡單搭成牆壁，圍成長方形的空間，只留下進出口，然後再加上遮陽避雨用的屋頂便完成了。

Ton哥站在上方的橫樑上，手上拿著不算大的鐵鎚，嘴巴咬著幾根鐵釘，香菸別在右耳上。他保證這幾天每天不會抽超過三根菸，不然真的是太睏了……。

在Ton哥旁邊的人是Naai哥，Naai哥平時書呆子的形象完全消失，雖然下午的太陽熱到讓上面好幾個學長的衣服全都濕透了，但炎熱的天氣和濕黏的身體，並沒有讓他們惱怒動氣，反倒一直聽到互相在鬥嘴的聲音，並且都是以笑聲作結。

直到熾熱的豔陽漸漸收斂起來，只剩下昏黃的光線和陣陣涼風吹來為大家消散暑氣，他們才終於停下手邊的工作準備休息。

我站起來將尚未完成上色的背板集中放在一個角落，愜意地走向手上拿著一瓶水、正在招手的人那邊。

我走到樓梯下方，一如往常地等待大個兒下來，但是今天Ton哥似乎沒有很想下來的樣子。

「上來啊！」因為他突然開口叫我上去。

「等一下！讓我先下去！」Nai哥出聲阻止正打算往上爬的我。寬簷帽一直擋住視線礙手礙腳的，等我抬頭才發現一件不可置信的事，那就是Nai哥打著赤膊，展現出身上剛剛好的肌肉，不會太厚，也不會太瘦弱，Ai哥的身材則比較接近Ton哥那麼壯碩。

陪Ton哥來出營隊雖然比較吃力，但CP值實在有夠好的，不只可以欣賞Nai哥的腿，還可以看Ai哥的肌肉……Chonlathee就算死也瞑目了。

「你要自己快一點下去，還是要等我幫忙踹你下去？」

「媽的！老公！你看Ton欺負人家啦！我被我爸騙就算了，就連好兄弟也要我的小命。」

「你爸騙你什麼？」Ai哥沉默了許久之後開口問道，或許是因為天氣太熱的緣故，才會讓他那身白皙的皮膚全都泛紅。

「我爸說用功讀書就可以不用做工吃苦，不用整天在外面任由風吹日曬雨淋，我這麼聽爸爸的話，這麼專心用功，結果你看，在大太陽下曬了一整天！哎，我要暈了！」Nai哥一邊演說一邊擺出弱不禁風的樣子，腳踩地之後還轉了一圈作為Ending。

「Nai哥要不要薄荷棒？」

「謝謝你喔正妹，可是為什麼Chon都曬不黑？你看我，才曬一下皮膚就變粗糙了，我要哭了啦！」

「死Nai！少在那邊裝娘娘腔，這跟你的臉一點都不搭！」Ton哥從屋頂上往下喊，看著Nai哥皮在癢的樣子不禁嘴角上揚笑了出來。被Ton哥調侃之後，站在我面前的人從原本的搔首弄姿，變成雙手叉腰的姿勢，不甘示弱地回擊……。

「就算我不是年輕的正妹，至少我有老公愛我，對不對！Ai！」

我原本以為Ai哥會保持沉默，不然就是搖頭嘲笑他，但是今天Ai哥變得好奇怪，不只不嘲笑他，甚至還緊抓住Nai哥的手，從指尖一路吻到手臂，而且時不時地偷瞄Nai哥的表情。

好激烈啊！搞得親眼目睹的我都覺得背脊發涼。

「快去穿上衣服，不然別怪我沒警告你。」

「好……衣服跑去哪了呢～～衣服先生你在哪兒……衣服先生，趕快出現吧，你的Chen Nai快要被情殺囉～～」

「在這裡，過來穿。」

「喔喔，原來在這裡啊！」Nai哥踮著腳尖走到Ai哥身邊，尷尬地笑兩聲之後才把衣服拿過來套頭穿上。

不能欣賞Nai哥的身材了……不過平常看Ai哥默不吭聲的，沒想到居然這麼凶！

「Chon快上來，我有洋芋片。」

我還是上去找我男友好了，雖然平常看起來好像脾氣不好的樣子，但其實人很和善。人真的不能只看表面呢！

「Ton哥最好了。」

「嗯？」

「零食！」我伸手抓住Ton哥伸過來幫忙扶住的大手掌，有了Ton哥的幫忙，不管是爬到上面還是走在橫樑上的舉動都變得很輕鬆。

Ton哥坐在樑上，雙腿懸空，我看了Ton哥的示範之後，自己也坐在Ton哥身旁照做，然後接過洋芋片來吃。

我們之間沒有對話，只有晚霞吹來的涼風。明明其他人交談的聲音就在不遠處，但這裡好安靜、好舒適，而且很有安全感，因為坐在身旁的是自己心愛的人。

「累不累？」我丟出一個問題打破沉默，感覺到自己的腰被摟過去。

「滿累的，但是很好玩。以前我也出過這種營隊，不過今年換自己當總召，才會比較累。」

「哥一直在笑呢！」

「跟著你笑啊。」

「我有笑嗎？」

「你都沒察覺到自己一直在笑嗎？笑到連眼睛裡都有笑意。」

「或許是因為看到你，所以我笑了。」我毫無異議地承認，雖然自己平常就不是什麼不愛笑的人。

「好不好玩？」

「好玩。」

「明年再一起來吧！」

「只要你來，我就會跟。」

Ton哥從深灰色的褲子口袋中拿出手機，我知道自己一定會被拍照，所以準備好迷你愛心等著。

接著Ton哥拍了好幾張，為了公平起見我也拿出手機幫Ton哥拍幾張，彼此交換了好幾張照片，直到天色開始變成深藍色，霧氣漸起，氣溫隨著愈來愈多的星星開始變冷，我們才離開屋樑，下去吃飯洗澡準備休息。

旁邊的睡墊依舊和前幾天一樣空蕩蕩的，我就睡在Ton哥旁邊，不過大部分Ton哥回來的時候，我已經先睡著了。但是今天不同，因為我正要和Ton哥一起出去，應該在深夜的時候才會一起回來。

我從睡墊上拿起粉紅凍奶色的禦寒衣物，從頭上套進去穿上後，再從後面拉起帽子蓋住頭部，以防露水滴在頭上，接著轉身走到外面找Ton哥。

今晚Ton哥只穿著薄薄的棉麻衫，以及純黑色的三分短褲，腳上穿著夾腳拖，因為這裡的地大多是砂質土。

「你不會冷嗎？」

「一點點，手給我……」

我依照要求伸出手，嘴角綻開一抹微笑，看著修長的手指穿過我的指間。而Ton哥的另一隻手拿著一個大紙袋，顯眼到讓人忍不住開口詢問。

「那一袋是什麼東西？」

「增添氣氛的東西。」

「給我的驚喜？」

「差不多。」Ton哥回答得隱晦，而我也有足夠的耐心不窮追猛問，任由大個兒牽著我的手沿著路一直走。這附近由於有許多住家，因此氣氛並沒有那麼恐怖，而且沿路都有電燈泡連接著，讓路上都有燈光。

Ton哥帶我來到一個地方，距離住宿區有一段距離。燈泡的光線到這裡只剩昏暗的光，我們僅能靠月光看清彼此的臉。

「有沒有放過天燈？」

「難道……紙袋裡就是天燈！」

「你猜到啦。」我看著身材高大的人蹲到地上，從紙袋內拿出東西發出悉窣的聲音，接著被折成一片圓形的白色天燈便出現在眼前。

「Ton哥在曼谷的時候就準備好了嗎？」

「嗯，我早就想好了，想和你找個安靜的地方一起放天燈。」

「捉迷藏。」

「？」

「Ton哥喜歡玩捉迷藏，還很喜歡玩驚喜。」

「我只是想把一切都做到最好，一切能表達我對你的感謝的事。」Ton哥站起來轉身面對著我，將天燈的兩個角交給我抓著，不久後天燈點燃了火焰，照得周圍都亮了起來。

「謝謝你讓我愛你，謝謝你一直以來的耐心，謝謝你一直照顧著我。」

橘紅色的火焰照亮說話者眼眸中的光芒，強烈而堅定的語氣，真心又誠摯，這一股奇妙的情感數次衝撞著我的胸口，讓內心不斷地顫抖，儘管不是第一次有這種感覺，但是我對它不曾習慣過。

這是一種叫做「被愛」的感覺。

「我也要說⋯⋯謝謝哥接受我的愛，謝謝你長久以來對我無微不至的照顧，而且你一直是個優秀的男朋友。」

「我愛你，Chon。」

「我也愛你，Ton哥。」

我們倆在溫暖的火焰下互相凝視，藉此傳遞心中的所有情感，直到手中的天燈開始有了動靜，蠢蠢欲動地想奔向自由的天際。

「要放開天燈了⋯⋯但是你要答應我，不可以放開我的手。」

「好，我答應你。」

我鬆開手，Ton哥也同時放開天燈，讓天燈緩緩地飄向天上。

在兩人眼中，燃燒的天燈，就像生命一般耀眼燦爛。

而與此同時，他們的唇舌彼此糾纏。

甜蜜的感覺伴隨著呼吸的節奏，起伏在彼此之間⋯⋯。

終章

洗髮精和肥皂的香味飄散在充滿花香的大院宅中，這時候已經是深夜，不宜外出走動。

不過Chonlathee本來就沒打算要出去，因為他和屋主在半個小時前才剛剛回到這裡，這裡是兩個人故事開始的地方。

海洋與領航員的起點。

他直衝上去緊抱著穿著米色襯衫搭配黑色西裝褲的男人，Ton哥的身材變化不大，但有些東西變得不一樣了……耳環、眉釘和脣釘全都被摘下了，氣質變得穩重，很符合大型國際貨運公司唯一接班人的形象。

畢業後，Ton哥的生活可說有了一百八十度大轉變。

工作忙到沒有閒暇的時間，但依舊每天晚上都會溜到宿舍去抱著他睡覺。

而現在之所以有時間可以待在一起，是因為他剛剛畢業，於是Ton哥的爸爸特別准許了一個月的特休假，當作是送給他的畢業禮物。

還得書香獎耶……這樣應該要特休三個月才合理。

「哥你在做什麼？」

「我在翻舊照片，記不記得我們在志工營的時候偷偷去放天燈，結果臭Nai突然出現說他也想放，就乾脆叫他幫我們拍合照的事。」Ton哥的手指著一張照片，想起往事的眼神裡藏不住笑意。

那一天一起拍的照片，好像是第一次讓別人幫忙拍的合照。因為被抓到跟Ton哥接吻，他的臉還是紅通通的，而照片裡的大個兒則不爽地翻著白眼，完全沒有想隱藏的意思。

「跟照片裡比起來，哥現在變得穩重多了。」

「嗯，現在是大人了，也老了，工作之後害我的臉老了十歲。」

「哥還是一樣帥啊，那Nai哥和Ai哥最近過得怎麼樣？我好像看到他們一起去看極光的動態。」

「很好啊，聽說Nai似乎想跟著Ai去加拿大定居的樣子。」

「他們不是已經同居很久了嗎？」

「是啊，但是看完極光回來，他們就變了。」

「嗯？」

「想結婚了，這次Ai是認真的，他說要跟Nai結婚，就一定會結婚。」

「那Nai哥怎麼說？Yes, I do. 了嗎？」

「沒有，他打國際電話來吵我，抱怨說因為沒有胸部所以不想穿新娘禮服，崩潰了一段時間。後來是Ai退讓，達成共識要舉辦告別單身派對，向親友宣布他們要如同夫妻般住在一起了。」Ton哥笑了一下，銳利的眼神依舊盯著舊照片看。

「你呢，如果哥要求的話……Chon願不願意為我披上婚紗？」

「不知道耶，我沒扮過女裝。」

Chonlathee坐在床上用淺色毛巾擦乾頭髮，Ton哥除了外在形象變化很大之外，連講話也變得有禮貌許多。

有些戀人在交往一段時間之後，隨著關係愈來愈親密，會漸漸說出愈來愈多髒話，但他和Ton哥卻是相反，交往愈久愈是往對方喜歡的樣子去調適自己。

沒有人感覺到為難，因為兩人都是慢慢地一點一滴地改變，最後成為最為融洽的關係。

「再說哥也沒跟我求婚過啊，不可以直接跳到服裝的問題吧！」

「說的也是……但是你知道的，我一定會求婚。」

「再給我兩年好不好，我想念研究所。」

「總覺得輸了兄弟一截，不過我可以等。」Ton哥把視線從相簿上的照片抬起，抬頭看著他，雙脣緊緊抿著，然後說道……。

「過去……Chon是我的過去。」

「蛤!?」

「至於現在，Chon是我的現在……」

「而且Chon還是我的未來。」

他明白了Ton哥想要表達的一切，原本因為雙手被固定住而抗拒著，現在他任由身體被推倒，深深地陷在柔軟的床鋪上，鬆軟的灰色被子包圍著他的全身，不過再過幾分鐘就會被推到地上。

「哥有沒有聽過這句話，眷戀過去會讓人感到痛苦，眷戀未來也一樣會讓人痛苦，所以你應該把握當下『做』到最好。」

「你的意思是說現在要盡力表現呢，還是今晚要盡力表現？」

「厲害喔，現在已經能聽懂我的梗了。」

「做人總是要進步嘛，所以你的結論是前者，還是後者？」

「當然是後者囉，比鼻……這種事……你明明就心知肚明。」

「是，我一定會盡全力的！」

「嗯……那我明天再給評分喔！」

Chonlathee爬到床頭處，伸手關燈讓整個房間陷入黑暗之中。

這些年來發生了數不盡的變化，而未來應該也會如同海浪一般出現許多無法預期的改變，但若是領航員足夠了解海洋的天性，那麼無論要航向什麼目的地，都保證不會翻船。

所以像Tonhon現在這樣撲向他的身體，可以說是對海洋有足夠的了解了嗎？

嗯……再根據明天的房間狀況評估吧！

現在唯一能夠確定的是，這一位領航員，果真有兩把刷子呢！:)

全文完

國家圖書館出版品預行編目資料

同心啟航 / Nottakorn著；環玟譯. -- 初版. --
臺北市：臺灣東販股份有限公司, 2021.04-
2021.05
2冊；14.7x21公分
譯自：Thonhon chonlathee.
ISBN 978-986-511-656-9(上冊：平裝).
--
ISBN 978-986-511-769-6(下冊：平裝)

868.257　　　110002874

Published originally under the title of Thonhon-Chonlathee
Author: Nottakorn
Traditional Chinese Edition rights under license granted
by Satapornbooks Co., Ltd.
Traditional Chinese Edition copyright
© 2021 Taiwan Tohan Co., Ltd.
Arranged through JS Agency Co., Ltd, Taiwan
All rights reserved

同心啟航（下）

2021年5月1日初版第一刷發行

作　　者　Nottakorn
封面繪師　瑞讀
譯　　者　環玟
編　　輯　魏紫庭、邱千容
美術編輯　黃郁琇
發 行 人　南部裕
發 行 所　台灣東販股份有限公司
＜地址＞台北市南京東路4段130號2F-1
＜電話＞(02)2577-8878
＜傳真＞(02)2577-8896
＜網址＞http://www.tohan.com.tw
郵撥帳號　1405049-4
法律顧問　蕭雄淋律師
總 經 銷　聯合發行股份有限公司
＜電話＞(02)2917-8022

著作權所有，禁止翻印轉載，侵害必究。
購買本書者，如遇缺頁或裝訂錯誤，
請寄回更換（海外地區除外）。
Printed in Taiwan

同心啟航

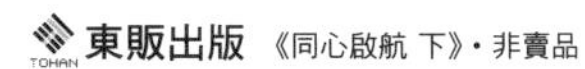

©Nottakorn / Satapornbooks Co., Ltd. Taiwan Tohan Produce

東販出版 《同心啟航 下》・非賣品
©Nottakorn / Satapornbooks Co., Ltd. Taiwan Tohan Produce